SIEGFRIED, DER HELD

RUDOLF HERZOG

1. Kapitel

Wie Siegfried jung war, zu Mime in die Lehre kam, den Drachen erlegte und den Nibelungenschatz gewann

Wenn ihr den Rhein hinunterwandert, immer tiefer ins niederrheinische Land hinein, seht ihr aus der schweigenden Ebene eine altertümliche Stadt sich erheben, die zu träumen scheint. Xanten ist sie geheißen, und sie träumt von ihrer großen Vergangenheit. Von alten, stolzen Zeiten, da noch ein König hier herrschte weit bis nach Niederland hinein, da noch die Drachenschiffe nordischer Seeräuber vom Meere heraufkamen in den Rhein, und des Königs starke Ritter, die auf den Rheinwiesen ihre Rosse im Turniere tummelten, die Feinde erschlugen und ersäuften, daß es eine wilde Lust war. Hei, wie in den Heldentagen die Trompeten jauchzten, die Schwerter blitzten und die Schilde krachten, als kämpfte ein herrlich Gewitter rheinauf und rheinab.

Das war die Zeit, da dem König Siegmund und seiner Königin Siegelinde ein Sohn geboren wurde, und weil nach heißen Siegen Friede herrschte, so nannten sie ihn Siegfried.

Wie ein junger Baum, den die Gärtner mit Fleiß und Liebe hüten, wuchs der Knabe auf. Spielend lernte er die Aufgaben, die seine Lehrer ihm stellten, und war als Kind schon so klugen und hellen Geistes wie wenige vor ihm und nach ihm. Das tat, daß er nach den Schulstunden nicht in den Stuben hockte und sich nicht an Mutters Schürzenband hängte, sondern wie ein rechter Knabe, der ein ganzer Mann zu werden wünscht, durch Wiesen und Wälder rannte, die Stimmen aller Tiere erforschte und die Geschichten, die der Wald erzählt und die Wellen des Rheines raunen. So wurde nicht nur sein Körper stählern und biegsam wie eine gute Klinge, sondern auch sein Blick wurde scharf und sein Gehör hell und sein Denken rasch und sicher.

Mit zehn Jahren ritt er den wildesten Hengst ohne Zügel und Zaum, beschlich ihn auf der Weide, warf sich auf seinen Rücken und bändigte den rasend Dahinstürmenden mit eisernem Griff in die Mähne. Denn Furcht war ihm fremd, und wer furchtlos ist, bleibt Sieger im Leben.

Mit zwölf Jahren besiegte er alle Edelknappen und Waffenknechte seines Vaters, und mit vierzehn Jahren ritt er heimlich zum Turnier der starken Ritter, mit geschlossenem Helmvisier, damit sie nicht wüßten, daß es der Knabe Siegfried sei und sie ihn wegen seiner Jugend von der Bahn verwiesen, legte den Speer ein, den er sich aus dem Stamme einer jungen Esche geschnitzt hatte, und warf die stolzen Ritter aus dem Sattel, daß sie aus ihren Panzerstücken herausgeschält werden mußten, wie gesottene Krebse aus ihren Schalen.

Da trat er vor seinen Vater, den König, und bat ihn: »Laßt mich in die Welt, Herr Vater, überall hin, wo Feinde sind und es für eine gute Sache zu fechten gilt.«

Der König aber sprach: »Die Kraft allein tut's nicht, um die Feinde zu bändigen, sondern ein weiser Sinn, der aus Feinden Freunde macht und dem Lande die Segnungen des Friedens beschert. Werde älter, mein Sohn, und du wirst mir meine Worte danken.«

Siegfried aber dachte: »Er hat gut reden, der Herr Vater, denn sein Bart ist heute grau, und die Tage, in denen er selber mit Schwert und Speer auf die Feinde rannte, liegen hinter ihm. Wenn es Abend ist, kommen die Harfner in die Halle und singen von König Siegmunds Taten. Da ist es leicht für ihn, zu verzichten und anderen vom Verzicht zu reden.«

Und er ging bekümmert umher und wußte nicht aus noch ein mit seinem wachsenden Jugendmut.

An einem stürmischen Herbstabend hatte er sich wieder in die Halle geschlichen, in der König Siegmund, von seinen Rittern umgeben, thronte und das Trinkhorn kreisen ließ. Der Sänger saß mit der Harfe auf den Stufen des Thrones. Er sang von den Kämpfen der Götter und Menschen. Von den Helden sang er, die das Land befreit hatten von Räubern und Drachen. Von den Mutigen und Starken, die mit dem blanken Schwert ein Königreich erobert und die schönste Prinzessin zur Frau gewonnen hatten. Und er sang das alte Lied von den Goldschätzen des Zwergenkönigs Nibelung, die von Fafner, dem greulichen Lindwurm, im Berge gehütet wurden und der erobernden Heldenfaust harrten.

Da ward's dem lauschenden Knaben heiß und hoch zu Sinn, und er fand in der Nacht keinen Schlaf und stand auf, kleidete sich an und trat vors Burgtor. Hui, riß ihm der Sturmwind die Mütze vom Kopf, und er lief mit dem Sturmwind um die Wette, sie zu fangen, und jagte durch die schauernden Wiesen in die nachtdunklen Wälder hinein, die sich unermeßlich dehnten und in denen es schrie, jauchzte und winselte von tausend Stimmen der Nacht.

Siegfried aber lachte, daß es durch den Wald hallte, denn das gefiel ihm wohl. Und er packte einen jungen Eichbaum, bog ihn nieder, riß ihn mitsamt der Wurzel aus und erschlug mit ihm, was sich in der Finsternis gegen ihn warf: einen schnaufenden Eber mit gleißenden Hauern, ein gewaltiges Einhorn mit glühenden Augen und eine Schlange, deren Lindwurmkopf rote Flammen und giftgrüne Dämpfe spie.

Und Siegfried schrie in den Sturm hinein: »Das ist ein Leben! Ha, das ist ein Leben!«

Die Nebel brodelten auf, zerfetzten sich in den Kronen der Bäume und ließen den dämmernden Tag in den Wald hinein. Siegfried schaute sich um. Er mußte über die Grenze in ein fremdes Land geraten sein, denn er fand sich nicht mehr zurecht. Das machte ihn noch einmal von Herzen lachen, denn nun konnte er wohl seine Tapferkeit vor den Menschen beweisen. Aber wie er weiter und weiter durch Dickicht und Gestrüpp den Weg sich bahnte, verspürte er plötzlich einen Hunger, der immer grimmiger in ihm wütete. Da lugte er, wo er den höchsten Baum fände, und kletterte bis in den Wipfel, Ausschau nach einer Menschensiedelung zu halten, und seine scharfen Augen entdeckten bald den Rauch einer Hütte, die an einem fließenden Wasser in einer Waldlichtung lag. Dorthin sprang er in weiten Sätzen.

Es stand ein Schmied vor der Tür, und Siegfried staunte ihn an. Denn der Mann hatte einen schweren, kurzgefügten Körper mit einem großen Höcker zwischen den Schultern und einen verwitterten Kopf. Daß ein Mensch so häßlich sein konnte, tat dem schönen Knaben leid, und er wünschte dem verwachsenen Schmied recht fröhlich einen guten Morgen.

Gerade hatte der Kleine mit Armen, die stark waren wie Hebebäume, einen Eisenbalken auf den Amboß gewälzt, als Siegfried ihn anrief. Er richtete sein wirrbärtiges Gesicht auf, packte einen ungefügen Hammer und fragte: »Was willst du hier?«

»Ei,« rief Siegfried, »was wird ein nüchterner Magen wollen? Eine Morgensuppe will er, wie sie dort auf Eurem Herde so appetitlich duftet.«

»Hand weg,« sagte drohend der Schmied. »Müßiggänger brauchen nicht zu essen.«

»Ich will's Euch wohl beweisen, ob ich das Essen verdiene,« zürnte Siegfried. »Habt Ihr was zu schaffen für mich?«

Der Schmied reichte ihm den ungefügen Hammer und wies auf den Eisenbalken, der über dem Amboß lag.

»Wenn dein Arm so stark ist wie dein Mundwerk —«

Da hob Siegfried wütend den Hammer und ließ ihn auf den Eisenbalken niedersausen, daß der in Stücken durch die Lüfte flog und der Amboß eine Klafter tief in die Erde fuhr.

»Was ist das für ein Kinderspielzeug?« rief der starke Siegfried. »Gebt mir Männerarbeit!«

Mit weitgeöffneten Augen starrte der Schmied auf den Zornigen. »Nun könnt Ihr mich morden, Jungherr, denn Ihr habt die Waffe in der Hand.«

Siegfrieds Zorn aber war schon verraucht. »Da habt Ihr sie wieder. Ich kämpfe nicht mit Waffenlosen. Auch scheint die Natur Euch Armen so schwer mißhandelt zu haben, daß man Euch mit Liebe begegnen muß.«

Der Mißgestaltete sah ihn noch immer an. Aber in seinen Augen war ein warmes Aufleuchten.

»Reicht mir die Hand. Ihr könnt nur Siegfried sein, der junge Held, von dessen Stärke schon heute die Sänger Kunde tun. Nun aber weiß ich, daß Ihr in Wahrheit ein Ritter seid. Denn Ihr habt ein reines und gütiges Herz.«

»Und wer seid Ihr?« fragte Siegfried.

»Ich bin Mime, der Schmied. Bleibt bei mir, so lange es Euch gefällt, und ich will Euch viele Künste lehren.«

Da blieb Siegfried bei Mime im Walde und wußte nicht, daß es ein Jahr ward und ein zweites und drittes, so lief die Zeit dahin wie ein Wunder und wurde von Meister und Schüler weidlich genützt. War Siegfried als Knabe stark gewesen, so wurde er als Jüngling ein Hüne an Kraft und doch geschmeidig wie der schnellfüßigste Hirsch. Er lernte den Bären mit den Fäusten fangen und ihn am Bratfeuer ohne Messer und Spieß zerreißen und zerlegen. Das frische Blut trank er wie einen Becher Rotwein und genoß zum Wildbret eine Fülle von saftigen Wurzeln und Kräutern, die ihn vor jeder Krankheit bewahrten. Täglich aber unterrichtete ihn Mime in der höchsten Kunst des Waffenhandwerks und lehrte ihn die feinsten Handgriffe und die Vollendung in Ansturm und Abwehr, so daß ein einzelner leicht ein Dutzend bestände.

Es stand ein Roß im Stall, das stammte von den Rossen Wotans, auf denen einst die Walküren ritten, und hieß Grane. Das schenkte Mime seinem Zögling. Und Helm und Panzer schmiedete er ihm und ein Schwert, das durch härtestes Eisen schnitt wie durch einen Butterkloß, und das Schwert hieß Balmung. Wie da Siegfrieds Augen leuchteten!

»Vater Mime,« fragte er, »weshalb macht Ihr mich so reich?«

Und der Mißgestaltete sprach: »Laß es dir gefallen, mein junger Held. Keiner auf der Welt hat mir Liebe geschenkt als du. Ist es da nicht verständlich, daß ich dir auf meine Art davon zurückgeben möchte?«

Siegfried errötete. »Ich habe es nicht um Lohn getan.«

Und der Schmied sprach weiter: »Gerade deshalb bist du des Lohnes würdig. Aber ich weiß, daß deine junge Ritterseele nicht nach Lohn giert, der dir ohne Kampf und Zutun in den Schoß fällt. Den echten Mann erfreut nur der Besitz, den er sich selbst erobert hat. Deshalb schuf ich dir nur die Waffen. Dein Werk sei nun, den Schatz zu gewinnen. Und jetzt höre mich an.«

Da erzählte Mime, der Schmied:

»Es war ein König mit Namen Nibelung, der besaß den reichsten Schatz der Erde an Gold und Edelgestein. Mein Bruder Fafner und ich gewannen ihn durch List; doch als es zwischen uns zur Teilung kommen sollte, höhnte mich der arge Bruder wegen meiner Mißgestalt und bedrohte mein Leben. Da entfloh ich vor dem Treulosen und büßte in dieser Waldeseinöde meine Habgier. Fafner aber hielt sich von Stund an für reicher und mächtiger als die Götter in Walhalla, erzürnte die Himmlischen und wurde zur Strafe in einen scheußlichen Lindwurm verwandelt. Wo sich am Rhein das Land der Sieben Berge erstreckt, gewahrst du den steil zum Strome abstürzenden Felsen, der seine Wohnung bildet. Hier hütet der Drache seine Schätze, tief in einer Felsenburg, in der tausend gefangene Nibelungenritter die Wache halten. Und das gefräßige Untier, das schon seinen Goldhunger nicht zu stillen vermochte, wirft sich auf die Bauern des Gebirges und verschlingt sie bei lebendigem Leibe, immer wähnend, es schlänge Gold. Nun mach du dich auf, mein Sohn, bestehe das Abenteuer und gewinne den Schatz. Aber hüte dich vor dem Ring, den der Drache an der Klaue trägt. Nibelung trug ihn und verfluchte ihn, als er ihm von Fafner entrissen wurde. Vergrabe ihn tief im Bauche der Erde oder wirf ihn ins Meer, wo sein Schlund am schwärzesten gähnt.«

Das versprach Siegfried, ließ sich von Mime wappnen und das Schwert gürten, nahm mit Kuß und Umarmung Abschied von seinem Pflegevater, bestieg das Roß Grane und ritt singend in die Welt.

So aber sah Siegfried aus, als er, Mann geworden, singend auszog, ein Held zu werden: Um Haupteslänge überragte er die Menschen. Goldrot flog ihm das Haar um den Kopf, als hätte er die Sonne in seinen Locken gefangen. Stahlblau blickten seine Augen, und so froh und weich ihr Glanz in guten Tagen zu sein vermochte, so dräuend und blitzend konnten sie funkeln und flammen, schien dem Helden eine Sache nicht recht. Wohlgebildet war sein Körper, daß es den Frauen eine Wonne wurde, ihn zu schauen, sein Arm eisern und seine Schenkel von unermüdlicher Kraft auf dem Pferderücken und im Weitsprung hinter der Wurfscheibe her.

Wohin er kam, staunten die Leute dem jugendschönen Recken nach, und sein Bild machte aller Herzen fröhlich. Er aber zog singend durch die Lande, als wäre er der Frühling.

So nahte er sich dem Siebengebirge und sah den Drachenfels wie eine Festung über dem Strome lagern.

»Ei, mein Roß Grane,« rief er lachend, »wollen wir heute noch den Strauß wagen? Verschiebe nicht auf morgen, was du heute noch verrichten kannst.« Und das edle Roß Grane flog wie ein Pfeil ins Gebirge hinein.

Immer dunkler und dichter wurden die Wälder. Kein Mensch war hier gegangen seit Jahren und Jahren. Unheimlich lastete die Einsamkeit, und geräuschlos fast, als verstünde es die Gefahr, setzte das Roß Grane Huf vor Huf.

Da lag die kahle Höhe des Felsen.

Das Roß erschauerte. Ein Dampf quoll auf, der in Stößen den Himmel verfinsterte, und ein giftiger Brodem erfüllte die Luft und stach in die Lungen.

Siegfried zog das Helmband fester und lockerte den gewaltigen Eschenspeer, der von der Spitze bis zum Schaft mit zweischneidigem Eisen beschlagen war. Mit der Linken tastete er nach seinem guten Schwert Balmung, strich beruhigend seinem Pferde über den Kopf und lenkte es behutsam um einen Felssturz.

Da lag das Untier, an die hundert Fuß lang, mit dem Kopfe eines Krokodils, den Krallen eines Löwen und dem schuppigen Schwanze eines fürchterlichen Wurmes. Es schlief.

»Pfui,« sagte Siegfried und hätte gern das Wort zurückgenommen. Denn vom Klange seiner Stimme war der Drache erwacht, glotzte aus vorquellenden Augen den tollkühnen Ritter an, öffnete den Rachen und — lachte ein grausenerregendes Lachen.

Das erbitterte den Helden, denn er spürte den Hohn.

»Schließe den Schnabel, du Vieh!« rief er zornig. »Dein Atem riecht übel. Warte, ich sperr' ihn dir!«

Und er bog den Arm zurück, sprengte vor und schleuderte den eisenbeschlagenen Speer dem Drachen ins Maul, daß nur noch das Ende des Schaftes hervorwippte. Das Untier aber erhob sich, würgte und spie den Speer mit solcher Wucht zurück gegen Siegfrieds auffangenden Schild, daß sich das Roß auf die Hinterbeine setzte und sich überschlagen hätte, wäre Siegfrieds zwingende Hand nicht so stark gewesen. Jetzt aber ging der Drache zum Angriff vor. Er brüllte, daß die Felsen erdröhnten und das Gestein ringsum zersprang. Und bei jedem Atemzug schossen lodernde Flammen aus seinem Rachen, daß der Held vor Hitze schier glaubte verkommen zu müssen. Den Gaul riß er herum, um dem sengenden Qualm zu entgehen. Da holte der Lindwurm mit dem Schuppenschwanze zum Schlage aus. Aber das Roß Grane stieg hoch und schwang sich wie ein Vogel über den Rücken des Ungetüms, hinüber und wieder herüber, wie die Schläge des Schwanzes fielen, und Siegfried holte sein Schwert Balmung aus der Scheide, und plötzlich beugte er sich vom Rücken des springenden Rosses tief hinab, der Stahl pfiff durch die Luft und durchhieb den Schwanz des Untiers, daß er losgetrennt gegen die Felswand klatschte. Heulend fuhr der Drache in die Höhe, und ein Prankenschlag traf den Steigbügel und riß Siegfried vom Pferd.

»Ich will's dir vergelten, du Nimmersatt.« rief der Held und sprang zu Fuß den Drachen an. Aber die Glut, die ihm entgegenströmte, war so furchtbar, daß ihm die Panzerschnallen schmolzen und der Harnisch von seinem Körper fiel. »So ist's bequemer,« lachte grimmig der Held und ließ den Balmung wie einen Wirbel tanzen. Schon lief ihm der Schweiß in Strömen über den Leib, schon fühlte er das Mark im Arm verdorren vor der höllischen Hitze, und immer noch war der Drache übermächtig. Da gewahrte er an der Klaue des Lindwurms einen blitzenden Ring, den Ring des Königs Nibelung. Und er nahm seine letzte Kraft zusammen, duckte sich, sprang vor, warf sich an des Untiers Kehle und durchschlug mit sausendem Querhieb die zum Schlag erhobene Tatze, daß die Krallen mit dem Ringe in die Steine flogen.

Einen einzigen Schrei tat der Drache. Einen Schrei, wie ein Verdammter schreit. Und brach in seinem Blute tot zusammen.

Held Siegfried stützte sich auf seinen Schwertknauf. Die Zunge lag ihm trocken im Munde. Einen Trunk mußte er tun, wollte er nicht verdursten, und er beugte sich über das Drachenblut und schöpfte mit der Hand. Als er aber die Hand zurückzog, war sie, soweit er sie in das Blut getaucht hatte, wie mit einer Hornhaut überzogen. Da erkannte sein scharfer Sinn sofort das Wunder, und er warf die Kleider ab und badete den ganzen Leib in dem Blute, so, daß sein ganzer Körper hörnern wurde und undurchdringlich für Hieb und Stich. Nur zwischen den Schulterblättern blieb eine kleine Stelle frei. Ein Lindenblatt hatte sich im Walde gelöst und war ihm beim Baden angeflogen.

Angetan mit seinen Kleidern, das Schwert Balmung in der Hand, schritt der Held zum Eingang der Felsenburg. Mit dem Fuß stieß er an die abgehauene Klaue, und als er den Ring blitzen sah, bückte er sich, zog ihn von der Kralle und streifte lachend das Kleinod an seinen Finger. »Aufgemacht!« rief er und schlug mit dem Schwert gegen das Eisentor.

Blitzschnell öffnete sich das Tor, und ein Hagel von Schwerthieben fiel auf den Recken nieder, daß er des Todes gewesen wäre, hätte ihn die hörnerne Haut nicht geschützt. Hageldicht fielen die Hiebe, und doch gewahrte er niemanden, der sie schlug. Da griff er blindlings geradeaus und nach rechts und nach links, und plötzlich hielt er einen Bart in seiner Faust und fühlte wohl, daß er an dem Barte einen Menschen herumschwang, und er schlug diesen unsichtbaren Menschen gegen die steinernen Torpfosten, bis eine Stimme kläglich um Erbarmen bat.

»Zeig' dich,« rief Siegfried, »oder ich fresse dich an diesem Bart mit Stumpf und Stiel.«

Da rieselte es wie ein Nebel zu seinen Füßen nieder, und er hielt in den Händen einen eisengeschienten, kriegerischen Zwerg, der an seinem eigenen Barte zappelte.

»Wer bist du?« befragte ihn Siegfried. »Und was machte dich unsichtbar?«

Und der Zwerg stöhnte: »Ich heiße Alberich und bin der Führer der Nibelungenritter, die der greuliche Fafner sich dienstbar machte. Wenn ich Euch schlug, tat ich, was meine Pflicht mir gebot. Habt ein Einsehen deshalb, so Ihr selber ein Ritter seid. Und ich weise Euch die Tarnkappe, die ihren Träger unsichtbar macht vor den Menschen.«

»Schwöre mir,« sagte Siegfried, »daß du fortan in Treuen mein Dienstmann sein willst mit deinen Rittern, und ich will euch ritterbürtig halten. Schwöre getrost. Denn ich habe euch von eurem Bedrücker befreit.«

Da beugte Alberich das Knie, überreichte die Tarnkappe und schwur sich mit seinen Mannen Siegfried in die Hand. Und die tausend Nibelungenritter eilten herbei, schlugen Schilder und Schwerter zusammen und huldigten ihrem Befreier und ritterlichen Herrn mit brausendem Jauchzen.

Alberich aber führte Siegfried durch die gewaltigen Schatzkammern und wies ihm den Nibelungenhort, der so reich war an Gold und Edelgestein, daß es mehr als hundert Leiterwagen bedurft hätte, um ihn von dannen zu führen.

Wie Siegfried da fröhlich lachte!

2. Kapitel

Wie Siegfried durch die Waberlohe zu Brunhild drang, sich mit der Befreiten verlobte, ihr Island eroberte und sich zürnend von ihr wandte

Eine Woche nur hatte Siegfried auf der Burg des Drachenfelsen gerastet, und schon schien ihm die Zeit unerträglich lang. Denn sein junger Sinn stand ihm nach Taten und hielt Ruhe und Bequemlichkeit nur würdig des Alters, das befriedigt auf die getane Arbeit zurückschauen kann. Darum entbot er den Nibelungenführer Alberich zu sich und besprach sich mit dem kundigen Manne.

»Die Welt ist voll von Plagen und Kriegsnöten,« sagte er, »und wartet auf den Befreier. Ich aber liege bei meinen Reichtümern und stehle Gott den Tag ab. Das ist Schwächlings Art und nicht die meine. Weist mir ein würdiges Abenteuer, Freund Alberich.«

Da antwortete der kriegerische Zwerg: »Nehmt uns mit, Herr, und wir erkämpfen Euch den ganzen Erdball.«

Siegfried aber schüttelte die Locken. »Das wäre mir eine Heldentat, meine Leute für mich kämpfen zu lassen und mir der anderen Lorbeeren um den Helm zu winden. Erst will ich mir meinen eigenen Namen verdienen, bevor ich andere führe und leite. Nennt mir ein Abenteuer, so schwer, daß kein zweiter Mensch es unternähme, und ich will es bestehen oder ruhmreich unterliegen.«

Lange sann Alberich vor sich hin. Dann hob er den behelmten Kopf und sah dem Helden in die Augen.

»Ihr habt mich zwar weidlich beim Barte gezaust, als Ihr mich gefangen nahmt,« begann er, »und mein Leib ist immer noch rot und blau, so schlugt Ihr mich wider die Türpfosten. Aber Ihr habt doch mich und die Meinen aus der Sklaverei des greulichen Fafner errettet und ritterlich behandelt und gehalten, so daß es mir leid um Euch wäre, Euch in ein todbringendes Abenteuer verwickelt zu sehen.«

»Nennt es mir,« drängte der Held. »Wenn Ehre und Ruhm dabei zu gewinnen ist, darf keine Gefahr uns schrecken. Das ist kein Mann, der sich nicht selber einsetzt.«

»Mein edler, junger Herr,« sprach Alberich, »ich will es Euch nennen, weil ich Euch bewundere. Und — weil ich keinem die herrlichste Beute gönne als Euch. Ich weiß die schönste Frau, die je vom Himmel auf die Erde kam.«

»Wo ist sie und wie heißt sie?« rief Siegfried rasch.

»Brunhild heißt sie,« sagte der Zwerg, »und war eine der Walküren, der starken Schlachtenjungfrauen, die einst die im Kampfe gefallenen Helden auf ihren Rossen in den Himmel Walhalla trugen. Weil sie ungehorsam gewesen war und wider göttliches Gebot einen ihr lieben Helden gegen den Tod geschützt hatte, liegt sie auf einem einsamen Berge im Zauberschlaf, und der Berg ist eingehüllt von der Waberlohe, das ist ein loderndes Flammenmeer, und nur der Starke, der furchtlos hindurchschreitet, kann sie erwecken und zum Weibe gewinnen.«

Wie Siegfrieds Augen leuchteten und seine Brust sich mächtig hob! Kaum vermochte der Kühne seine Ungeduld zu meistern.

»Wo geht der Weg, Alberich? Noch heute versuch' ich den Ritt.«

»Stammt Euer Roß Grane nicht von den Walkürenrossen?« fragte der Zwerg. »Ist es so, so wird es den Weg finden.«

Da nahm Siegfried Abschied von den tausend Nibelungenrittern, setzte Alberich zum Verwalter seiner Schätze ein und rief sein Roß Grane. Sein Schwert Balmung hing ihm an der Seite, und in einer Ledertasche führte er die unsichtbar machende Tarnkappe mit sich. »Grane,« sagte der Held, und das edle Tier spitzte die Ohren, »Grane, weißt du den Brunhildfelsen, wo deine Brüder und Schwestern im Stalle stehen? Trage mich hin, Grane, wir wollen sie befreien und die schöne Jungfrau vor allem.«

Da wieherte das Pferd hellauf vor Freude und umsprang in wilden Sätzen seinen Herrn. Der aber schwang sich behend auf des Pferdes Rücken, und das Roß war mit seinem Reiter den Augen der Nachblickenden entschwunden, bevor sie sich von ihrem Staunen erholt hatten.

Wie die Windsbraut jagte das Roß dahin. Die Locken flogen Siegfried um die Stirn, und er schlug sich vor Freude klatschend auf den Schenkel. Durch Berge und Wälder ging es im gestreckten Lauf, Ströme und Seen wurden durchschwommen und alle Hindernisse im sausenden Sprunge genommen. Den ganzen Tag jagte Grane mit Siegfried dahin und die ganze Nacht, und als der frühe Morgen dämmerte, hob sich in weiter Einöde ein Berg vor ihnen, der eine einzige Feuersbrunst schien. Das wogte und wallte vom Fuß bis zum Gipfel in Flammen und Gischt.

Mit bebenden Flanken stand das Roß. Aber Siegfried zog sich die Tarnkappe über den Kopf, die Roß und Reiter vor dem Feuer hütete, packte sein scharfes Schwert, gab Grane die Sporen und sprengte in die Glut hinein. Mit mächtigen Hieben schuf er sich Bahn durch das brennende Dickicht, durch mannshohe Dornenhecken schlug er sich einen Weg, und so oft sie wieder zusammenrückten und ihn zu ersticken drohten, sein Mut und seine Kraft erlahmten nicht, und das brennende Gestrüpp flog unter seinem Schwert wie Feuergarben nach links und nach rechts. »Spring an, Grane!« rief der Held, »spring an! Beiß zu, Balmung! Hei, mein gutes Schwert, beiß zu!« Und in gewaltigen Sätzen sprengte das Roß aufwärts, keuchend und stöhnend, Funken und Flammen unter seinen Hufen. Und der Stahl Balmung zischte und blitzte, zerbiß Eichenstämme wie dünne Ruten und hielt die Bahn frei, bevor sich die lodernde Wildnis wieder schließen konnte. Der Gipfel des Berges war erreicht. Ein ragendes Tor stieß Siegfried mit dem Schwertknauf ein. Da donnerte es rings um den Himmel herum minutenlang, und als das letzte Rollen des Donners verhallt war, waren die Flammen des Berges erloschen, und der Wald grünte und blühte in der goldenen Morgensonne.

Siegfried zog sich die Tarnkappe vom Haupt. Sein Gesicht glühte, und die Adern lagen ihm wie Stricke auf der Stirn. »Das war, bei Gott, nicht leicht,« stieß er, nach Atem ringend, hervor, schüttelte die Locken und sprang vom Pferde. Neben seinem Rosse Grane kniete er hin, das Auge auf die goldene Morgensonne gerichtet, und dankte dem Himmel für die sichtbare Behütung.

Dann nahm er Grane beim Zügel und schritt durch das Tor.

Da lag auf mauerumgürtetem Platze eine große, wunderbar schöne Frau, gepanzert und behelmt, angeschmiedet auf einem eisernen Lager. Wie eine Schlafende lag sie mit geschlossenen Augen.

Leise trat Siegfried heran und beugte sich über sie. Nie glaubte er Herrlicheres geschaut zu haben. Denn wie eine Kriegsgöttin war diese Frau anzusehen, von mächtigem Körperbau und doch von Antlitz schön und stolz wie eine hehre Jungfrau. Nachtschwarz fielen ihr die Locken um die Wangen, und der Mund blühte rot und sehnsüchtig.

Behutsam nahm Siegfried sein Schwert, und der Balmung durchschnitt die Eisenfesseln, als wären es weiche Stricke gewesen. Da dehnte die heldische Jungfrau traumbefangen ihre Glieder. Und Siegfried beugte sich tiefer über sie und küßte sie sacht auf den Mund.

Groß und weit öffnete die Jungfrau ihre Augen. Dunkel waren sie wie ihr nachtschwarzes Gelock, und sie erwachten aus dem Traum und gewannen Leben und Feuer.

»Wer bist du, Held?« sprachen ihre Lippen. »Und wo kommst du her?«

Und der Held antwortete und war noch immer über sie gebeugt: »Ich bin Siegfried, Siegmunds Sohn und gebürtig aus Xanten am Niederrhein.«

»Was trieb dich, o Siegfried, dies Wagestück zu bestehen?«

»Der Wunsch, o Brunhild, dich zu befreien und dich zu gewinnen.«

Sie stützte sich auf ihre starken Arme und richtete sich auf. Ihr Blick schweifte durch das offene Tor den Berg hinab.

»Das Feuer ist erloschen,« sagte sie leise und atmete tief. »Und der furchtbare Bannspruch ist mit ihm erloschen.«

Sie sprang auf die Füße, daß ihr Panzer klirrte, reckte die Arme und streckte den Leib. »Frei! Frei!«

Und Siegfried stand neben ihr, staunte ihres Leibes Kraft und Schönheit an und wußte nichts zu sagen.

Da wendete sie den Kopf nach ihm, gewahrte sein bewunderndes Auge, gewahrte seine Reckengestalt und errötete tief.

»Blicke mich nicht so an, o Held.«

»Du bist so schön, o Brunhild.«

»Nur wer mein Gemahl wäre, dürfte mich so anschauen. Und es gibt keinen Mann auf Erden, der so stark ist, daß er mich bezwänge.«

»Wehr' dich,« lachte Siegfried, trat auf sie zu und schloß sie in seine Arme, daß sie sich nicht regen konnte. Aber der Zorn flammte aus ihren Augen und färbte ihre Wangen.

»Gib mich frei,« stieß sie hervor, »oder es könnte dich reuen.«

»Hab' nimmer gelernt, was Furcht ist,« lachte der Held und küßte sie auf den zornigen Mund.

»Du Unband,« stöhnte sie, aber nun lachte auch sie.

»Siehst du wohl,« sagte Siegfried, »es geht schon an. Nun küsse auch du mich einmal.«

Sie glaubte seine Arme gelockert und sprang plötzlich gegen ihn an, daß es ihn fast umgeworfen hätte. Aber nun umschlang er sie, daß sich ihr Panzer bog und ihr der Atem in der Kehle stockte. »Ist das dein Kuß, du Wilde? So will ich dich wohl auf deine Weise wieder küssen, wenn dir das eher gefällt.«

Da hob sie, von seiner Kraft und seinem Lachen bezwungen, den Kopf und küßte ihn.

Und allsogleich ließ er von ihr ab, bog das Knie und huldigte ihr ritterlich.

Das Blitzen ihrer Augen schwand, und ihr Blick wurde weich und frauenhaft. Ihre Hand spielte in seinen Locken.

»Mein Held,« sagte sie und atmete tief. »Mein Held und Befreier.«

»Danke mir besser, o, ich bitte dich, Brunhild.«

»Was könntest du Besseres begehren als meine Freundschaft?«

Und Siegfried sprang vom Boden auf und rief: »Dich selber! Werde mein Weib!«

Lange sann Brunhild in die Ferne hinaus. Dann sprach sie:

»Fern im Nordmeer liegt ein Inselreich. Wie eine unbezwingbare Festung steigt es aus der wildrollenden See. Eine Kette von feuerspeienden Bergen umgürtet es, und kochend heiße Flüsse zischen ins schwarzblaue Meer. Island heißt das Land, das nie bezwungene, und mir gehörte es, bis mich der Spruch des zürnenden Gottvaters hierher und in Ketten in die wabernde Lohe warf. Seit ich fern bin, ist Island unterjocht. Du willst mich zum Weibe, Siegfried? Wo ist dein Brautgeschenk? Ich will es dir nennen und will die Deine sein, so du es mir schaffst: Nimm Island mit stürmender Hand für mich. Setze mich wieder auf den Thron meiner Heimat. Ich kann mich nur als Königin dir schenken und nicht als Magd.«

So sprach die stolze Frau, und Siegfried, hingerissen von der Größe ihrer Sprache, gelobte es ihr in die Hand und zog den Ring Nibelungs von seinem Finger und steckte ihn ihr an als Verlobungsring.

Auf dem Ringe aber lastete der Fluch, von dem Mime gesprochen hatte, als Siegfried auszog, den Lindwurm zu erlegen, der Fluch Nibelungs, der den Träger des Ringes sich überheben läßt in wachsendem Ehrgeiz und nimmersatten Wünschen. Und Siegfried hatte Mimes Warnung vergessen, als er den Ring an Brunhilds Finger schob. —

Im Stalle des Bergfrieds stand Brunhilds Walkürenroß. Und bei ihm stand Grane und leckte ihm zärtlich den Hals.

»Hoho, mein guter Genoß,« rief Siegfried, »hast du den Kameraden gefunden? Nun, wenn es auch gar so schnell wieder auf die Reise geht, ihr bleibt zusammen. Gefällt euch das?«

Da wieherten die Rosse vor Vergnügen und ließen sich willig satteln und zäumen.

Und Siegfried hob mit starken Armen Brunhild in den Sattel, daß sie im stillen aufjauchzte über seine Kraft, und er selber schwang sich auf Granes Rücken, schaute nach dem Stand der Sonne, versicherte sich der Himmelsrichtung und ritt mit Brunhild den Berg hinab. In der Ebene aber ließen sie den Gäulen die Zügel, daß sie Seite an Seite dahinstoben wie Falken im Revier.

Als die Sterne aufstiegen, suchte Siegfrieds scharfes Auge aus den Figuren der Gestirne den Polarstern heraus und ritt ihm nach gen Norden. Und je mehr sie sich dem Meere näherten, desto heller und stärker hub Siegfried zu singen an. So ritten sie Tage und Nächte, vom Rheine zur Wesermündung, und eines Morgens rauschte machtvoll hinter den Dünen her die Melodie des Meeres in Siegfrieds Lied.

Ein seefestes Schiff fanden sie, und der Held gab dem Schiffer eine breite, goldene Armspange als Fährlohn und versprach ihm mit ritterlichem Handschlag einen Schild, angefüllt mit gemünztem Gold, so er ihn, Brunhild und die Rosse in kürzester Frist hinüberbrächte nach Island. Da spannte der Schiffer die braunen Segel, und Siegfried packte das Steuer. Am Mast waren die Rosse angebunden, und Brunhild saß vorn am Bugspriet des Schiffes, durchforschte die wilde See und rief ihrem Steuermann die Richtung zu.

Hui, warf sich der Sturm in die Segel und jagte das Schiff durch die Wellenberge, daß es im Gischt verschwand. Aber Siegfrieds Faust hielt das Steuer umklammert, und ob das Schiff in den Fugen krachte und der Mast sich bog unter den schier berstenwollenden Segeln, er handhabte das Steuer mit eisernen Griffen und warf das Schiff über die Wasserschlünde, als tummelte er seinen Renner über Hecken und Gräben.

Und der Sturm schrie mit gellenden Stimmen, und Siegfried schrie nicht minder in den Sturm hinein, und seine Locken flatterten wie heiße Sonne um seinen Kopf: »Heia, heia! Es ist eine Lust zu leben!«

Dann lugte Brunhild über die Schulter nach dem Helden, und er schien ihr begehrenswert vor allen Männern und ein erlesen Werkzeug für ihren weitschweifenden Ehrgeiz.

Tage und Nächte tobte der Sturm, drang vom Steuer her Siegfrieds helles Singen. An einem Morgen aber gewahrten sie an der Brandung, daß sie Island nahe waren. Da stellte Siegfried das Singen ein und tastete nach seinem Schwert.

In den Hafen fuhren sie ein, und gewappnete Männer eilten herbei, ihnen die Landung zu wehren. Siegfried aber packte das Tau, mit dem er das Schiff am Lande befestigen wollte, und sprang mit jähem Satze unter sie, daß sie von dannen stoben und nicht anders vermeinten, als der leibhaftige Teufel säße ihnen im Nacken. Nun warf der Schiffer die Planke ans Ufer, und Siegfried holte Brunhild herüber und die stampfenden Rosse. Wohl gerüstet ritten sie vor die Burg des Königs, und alles Volk strömte auf die Mauern.

»Der König soll kommen!« rief Siegfried befehlend, und man rannte, dem König die seltsame Mär zu künden.

In schwarzen Panzer geschient, ritt der König auf schwarzem Streitroß vor das Tor.

»Frecher Fremdling,« schalt er drohend, »welcher Sprache erkühnst du dich? Ich werde die Fische mit deinem Leichnam mästen.«

Siegfrieds Adern schwollen auf der Stirn. Doch beherrschte er sich.

»Sitz' ab,« gebot er, »denn du bist nur ein Emporkömmling und hast deiner Königin demütig zu Fuße zu nahen. Brunhild ist heimgekommen. Sitz' ab, sage ich dir noch einmal, nimm die Krone vom Helm und trage sie ihr an den Steigbügel.«

Da riß der König wutschnaubend sein Visier herab, senkte den riesigen Speer und sprengte gegen Siegfried an. Der trug Balmung nackt in der Hand, trieb Grane mit einem Schenkeldruck an, hob den guten Stahl und trennte mit wagerechtem Hieb den Speer vom Faustkorbe. Mit aller Kraft warf der König den Gaul herum, um das schirmende Burgtor zu erreichen. Aber Granes schneller Flug holte den Streithengst ein, Steigbügel klirrte an Steigbügel, und Siegfried warf seinem Roß die Zügel über den Kopf, umklammerte mit den Schenkeln Granes Bug, streckte die freien Hände nach dem weit zurückweichenden König aus, umarmte ihn wie mit Zangen, riß ihn im Dahinjagen aus dem Sattel und schleuderte ihn vor Brunhilds Füße, wo er liegen blieb, ohne sich im Leben noch einmal zu erheben.

»Sagte ich dir nicht,« rief der zürnende Held, »daß du deiner Königin zu Fuß nahen solltest?«

Vom Pferde sprang er, hob die Krone auf und drückte sie Brunhild ins Haar. Und wandte sich wieder der Burgmauer zu und rief zum Volke hinauf: »Sehet hier eure Königin, die heimgekehrt ist, eure Treue zu erproben. Kommet heraus auf euren schnellsten Sohlen und huldigt ihr, so euch an ihrer Huld gelegen ist.«

Da kamen sie in langem Zuge, mit Fahnen und Musikanten, bogen das Knie und boten auf goldener Schüssel Brot und Salz, in goldenem Becher den Willkommtrunk.

Stolz und erhaben saß Brunhild zu Pferde, die Krone im Haar. Und sie nahm von dem Brot und dem Salz mit königlicher Gebärde und netzte ihre Lippen an dem Becher und reichte ihn huldvoll Siegfried dar, der ihn lachend nahm und ihn bis zur Nagelprobe leerte. Das Volk aber klatschte dem starken und frohen Helden begeisterten Beifall.

Hocherhobenen Hauptes zog Brunhild in die Königsburg, heiteren Auges Siegfried neben ihr.

Acht Tage ordnete Brunhild die Regierungsgeschäfte, und Siegfried ließ sie fröhlich gewähren. Am neunten Tage aber trat er vor sie hin, küßte ihre schönen Hände und fragte nach dem Tage der Hochzeit.

Brunhild schlug die Augen nieder. Ihr Blick fiel auf den glitzernden Ring des Nibelung an ihrer Hand.

»Mein Held,« begann sie, »dieses Reich ist nur klein und allzu klein für unseren Heldensinn. Dein Vater Siegmund aber lebt und kann noch lange regieren.«

»Das wünsche ich ihm von Gottes gnädigster Huld,« sagte der Held.

»Nun wohl denn,« fuhr die Königin fort, »nimm meine besten Schiffe, meine besten Ritter und Mannen, segle nach Norge hinüber und nach Dänemark, bekriege die Länder und gründe dir ein großes Nordlandreich.«

Siegfried schaute auf. Dann lächelte er.

»Du willst mich auf die Probe stellen. Ich bin kein seeräubernder Wiking, sondern ein Ritter. Und Norge und Dänemark leben in Frieden mit uns. Sprich also, wann soll die Hochzeit sein?«

Brunhild aber antwortete: »Sobald du heimgekommen bist mit den Kronen von Norge und Dänemark.«

Da merkte der Held, daß ihr Sinn hochfahrend geworden war, und er suchte in der Königin das liebende Weib zu wecken.

»Brunhild, gedenke, daß wir Verlobte sind. Ich will kein Mannweib an meiner Seite, sondern die süße Genossin, die sich der Taten ihres Mannes freut und seinen wilden Kopf in ihrem Schoße zur Ruhe bettet. O laß mich nach all den heißen Schlachtgesängen dir von Liebe singen und singe mir wieder von Liebe, damit ich weiß, für welchen Reichtum ich draußen kämpfe, und doppelt scharf den Balmung schwinge.«

Hohnvoll lachte sie über ihn hinweg.

»Hier ist kein Asyl für Ermattete und Bresthafte. Eine Königin schenkt sich nur einem König. Laß dein Schwert für dich reden und nicht deine Zunge.«

Siegfrieds Stirn zog sich zusammen. Hochaufgerichtet stand er vor Brunhild und maß sie mit blitzenden Augen. Dann wandte er sich und schritt zum Strande.

Da lag noch der Schiffer, der sie hergebracht hatte, und wartete auf günstigen Wind.

»Fahr zu,« gebot ihm Siegfried, »ich nehme wieder das Steuer.«

Auf der Burgmauer stand Brunhild, prächtig zu schauen in ihres Leibes Schönheit und den reichen Gewändern aus Purpur und Gold. Wie die herrliche Mitternachtssonne war sie anzusehen unter ihren dienenden Frauen. Nun hob sie die Hand.

»Siegfried,« rief sie voll königlichen Bewußtseins, »Siegfried, ich harr' deiner Wiederkehr!«

3. Kapitel

Wie Siegfried gen Worms kam und für König Gunther die Dänen und Sachsen schlug

Durch das schwarze Nordmeer war Siegfried gefahren und durch das blaue Meer des Südens. An den sonnigen Küsten des Landes Italia hatte er die Sarazenen bekriegt und sie mit blutigen Köpfen heimgesandt in ihre wilde afrikanische Heimat. Über die Alpen war er geritten durch die Eiswelt der Gletscher hindurch und hatte die Riesen gebändigt, die von den Bergen die Lawinen rollten. Überall, wo es galt, die Menschen von ihren Unterdrückern zu befreien, hatte Siegfrieds Schwert geleuchtet durch alle Lande und Meere. Doch so sehr der Ruhm seines Namens anschwoll und den Erdball erfüllte, aus seinem Herzen war der Frohsinn gewichen, seit ihn eine Frau, seit ihn Brunhild enttäuscht hatte.

So kehrte er nach Jahren in deutsche Lande zurück und kam mit Rittern und Mannen an den Rhein.

Als er die Ufer des geliebten Stromes entlang ritt, befiel ihn das Heimweh. Und er sagte zu sich selber: »Könnte ich doch einmal ausruhen und, wie andere Recken pflegen, den Kopf in lieben Schoß legen. Daß mir das nicht beschieden ist, macht mich traurig. Denn wo habe ich eine Heimat? Von Xanten bis ins Niederland herrscht mein Vater König Siegmund, und hier am Rhein gebieten die Burgundenfürsten. Fern vom Rhein aber mag ich nicht leben.«

Und er ritt weiter und wälzte viele Pläne in seinem Kopfe. Bis er gen Worms kam, dem Sitz des Burgundenkönigs Gunther und seiner Brüder Gernot und Geiselher. Als er die reiche Landschaft sah, schlug ihm das Herz hoch, und heimatlich ward ihm zu Sinn. Da gedachte er, vor Gunther hinzutreten und ihm einen Teil seines Landes abzukaufen gegen ein goldbeladenes Rheinschiff, oder aber, falls ihm der König den Handel abschlüge, Gunther und die Seinen in ehrlichem Zweikampf herauszufordern um Leben und Güter.

In seinem Thronsaal saß König Gunther. Hochgewachsen war er, fast wie Siegfried groß, und in den Kampfspielen bewandert wie kaum ein zweiter. Aber ein strenger Hochmut lag auf seinen Zügen und heiße Herrschbegier. Ein kräftiger Degen war Gernot, sein Bruder, ein ritterlicher und tapferer Mann. Der jüngste Bruder aber, Geiselher, war fast noch ein Kind, mit blondem Gelock, blauen, schwärmerischen Augen und einem Herzen voll lachender Begeisterung.

Um den Thron herum saßen und standen die Großen des Landes.

Da war vor allem Hagen von Tronje, der Oheim der Burgundenfürsten, ein hagerer und knochiger Mann mit finsterem, schwarzbärtigem Antlitz. Nur ein Auge besaß er, das blitzte scharf und spähend unter der buschigen Braue. Das andere hatte er verloren, als er als Geisel aus dem Hunnenlande heimgekehrt war und auf der Landstraße seinen Gesellen Walther überfallen wollte. Als erster Ratgeber stand Hagen dem Throne am nächsten, und seine eifersüchtige Seele kannte nichts anderes als die Größe und Macht seiner Herren. So war er gleich furchtbar in der Treue zu seinen Fürsten wie in seinem Haß gegen alle Widersacher.

Da waren ferner Hagens Bruder Dankwart, ein wilder Recke, der blindlings seines Bruders Willen tat; Herr Ortwein von Metz, ein heißblütiger Haudegen, dem das Schwert so locker saß wie die Zunge und der ein Schwestersohn Hagens war; Herr Volker von Alzey, der die Fiedel so heiß und lieblich erklingen lassen konnte, wie er lustig und nimmermüd den Degen pfeifen ließ;

Ritter Rumold, der der Oberküchenmeister hieß; Ritter Hunold, dem das Amt des Mundschenken oblag; Ritter Sindold, der Herold; und manch ein anderer.

Und König Gunther hob lauschend und mißvergnügt den Kopf und sprach:

»Was ist das für ein Lärmen am Rhein? Weiß das Volk nicht, daß es sich ruhig zu verhalten hat, wenn die Fürsten mit ihren Räten niedersitzen? Der Herold gehe und erforsche die Ursache.«

Da ging der Ritter Sindold eilends hinaus und kam eilends wieder.

»König Gunther,« berichtete er hastig, »ein fremder Recke ist angelangt mit Rittern und Mannen, und das Volk strömt zusammen von weit und breit, den herrlich im Sattel sitzenden Mann zu bewundern und nicht minder sein und seiner Leute kostbares Rüstzeug und Gewand.«

»Was schiert mich Rüstzeug und Gewand,« eiferte Gunther. »Den Namen will ich wissen.«

Und Sindold mußte bekennen, daß er ihm unbekannt sei und keiner ihn wisse.

Da erhob sich König Gunther von seinem Thron und schritt schnell zum Fenster, und seine Brüder und Räte mit ihm. Aber so sehr sie auch schauten, keiner konnte ein Zeichen finden, an dem er den Helden erkundete, und Gunthers Zorn war groß.

»Erlaubt mir ein Wort,« sprach endlich Hagen. »Mir ist von meinen weiten Fahrten kein Ritter der Christen und Heiden unbekannt geblieben, und wen ich nicht selber sah, von dem hörte ich doch sagen. Dieser aber, so deucht mich, kann nach Wuchs, Muskelkraft und vollendetem Anstand kein anderer sein als der gewaltige Siegfried vom Niederrhein.«

Da wurde es still im Saal, und jeder gedachte des Helden ruhmreicher Taten. Bis endlich Gunther sprach: »Was mag ihn hergeführt haben? Und sollen wir ihn als Freund oder als Feind empfangen?«

»Ich rate,« sagte der verschlagene Hagen, »ihm freundlich entgegenzukommen. Können wir ihn zum Freunde gewinnen, so wird er uns in manchen Dingen nutzbar sein können, denn seine Macht und sein Reichtum reichen weit. Bedenket wohl, daß er den Lindwurm erschlug und dadurch in den Besitz der unermeßlichen Schätze des Nibelungenhortes kam.«

»Ich fürchte,« entgegnete Gunther, »es wird ihm wenig an unserer Freundschaft gelegen sein, da er so selbstherrlich und unangemeldet in unser Land kommt.«

Hagen von Tronje lächelte. »Ich weiß, wie man solche Falken zähmt. Held Siegfried, der stärkste Mann der Welt, hat ein knabenhaftes Herz, weich und sehnsüchtig, wenn ihn der wilde Zorn nicht bedrängt. Lasset uns damit rechnen und klug und behutsam zu Werke gehen. Sehet, wie er sich stattlich vom Pferde schwingt! Wir wollen ihm entgegengehen und ihn wie einen edlen Herrn an der Schwelle des Saales empfangen.«

Ungern tat es Gunther, aber die Klugheit war größer als sein Hochmut, und er empfing den fremden Gast mit ausgestreckter Hand im Türbogen der Halle.

»Willkommen, Held Siegfried, im Burgundenlande. Nehmt Quartier, und wenn Ihr Euch geruht und mit Speise und Trank gekräftigt habt, so erscheint aufs neue unter uns und tut uns zu wissen, welcher glückliche Umstand uns einen so vieledlen Gast beschert hat.«

»Ihr seid Gunther, der König,« sprach Siegfried ernst. »Und da Ihr wisset, wer ich bin, so ziemt es mir nicht, Gastfreundschaft von Euch anzunehmen, die Ihr später vielleicht gern ungeschehen machen möchtet.«

»Was könnte das wohl sein,« rief Gunther erstaunt, »das imstande wäre, Euch uns unlieb zu machen?«

»König Gunther,« entgegnete Siegfried, »es liegt in Eurer Hand. Euer Reich ist so groß, daß Ihr es kaum übersehen, geschweige denn all Eure Grenzen schützen könnt. Schon rüsten im Osten die gottlosen Hunnen zu neuem Kriegszug, und im Norden rührt sich der ewig unruhige Däne und sein Bruder, der Sachse. Wie wollt Ihr Euch allein da helfen? Mich aber hat tödliches Heimweh an den Rhein zurückgetrieben, und wenn ich nicht daran sterben will, muß ich am Rheine bleiben. So biete ich Euch denn für einen Teil Eurer Lande des Goldes so viel, als Ihr begehrt, dazu meine Freundschaft und mein Schwert gegen alle anrückenden Feinde.«

Er schwieg. Und alle im Kreise standen betroffen.

Da rief der vorschnelle Herr Ortwein von Metz:

»Ei, ist das Euer einziges Gebot? Da Ihr als Kaufmann kommt, müßt Ihr den Handel verstehen mit Zu und Ab!«

Siegfried sah über den Vorlauten hinweg. Doch als König Gunther seinen Mann nicht tadelte, färbte sich sein Gesicht.

»Ich trage noch einen zweiten Vorschlag mit mir,« sagte er mit lauter Stimme. »Wollt Ihr lieber um die Lande mit mir fechten als handeln, so ist jeder von Euch, zu Pferd und zu Fuß, mit Schwert oder Speer, vor meinen Waffen zum Zweikampf willkommen.«

Das Schwert fuhr Herrn Ortwein aus der Scheide. »Glaubt Ihr, Ihr sprecht mit Memmen? Kommt her, wenn Ihr mögt!«

»Herr Ortwein,« rief Hagen, »wer erlaubt Euch, das Schwert zu ziehen, bevor der König befiehlt?« Und des Königs Brüder Gernot und Geiselher liefen und trugen Sorge, daß das Schwert in der Scheide verschwand. Hagen aber raunte seinem Herrn Gunther zu: »Gewinnet Zeit, damit wir die Frage zu unseren Gunsten lösen!«

Ein süßes Lächeln glitt um König Gunthers Mund, als er auf Siegfried zutrat und des Helden Hände faßte. »Ihr seid mir lieb, Held Siegfried, und Euch meinen Freund zu nennen, könnte mir mehr wert sein als die Hälfte meines Reiches. Aber sagt Euch selber, daß Euer Vorschlag plötzlich und unerwartet kam und Euer ritterlicher Sinn uns Zeit lassen muß, in Ruhe und Gesetztheit zu prüfen und zu überlegen. Betrachtet Euch also hier zu Hause, und wir werden in den folgenden Tagen mit Euch gemeinsam das Rechte finden.«

Damit winkte er Hunold, dem Mundschenk, und Hunold brachte ein reich mit Gold und funkelnden Steinen besetztes Büffelhorn, mit rheinischem Wein gefüllt, und König Gunther trank es Siegfried zu auf Frieden und Freundschaft. Da verneigte sich Siegfried besänftigt und höflich, nahm das Horn und leerte es in kräftigen Zügen. Und der lang entbehrte Wein vom Rheine machte ihn fröhlich und gütigen Sinnes.

Schon erschien Rumold, der Oberküchenmeister, in der Tür und meldete das Mahl. Und die Fürsten und Herren gingen guter Dinge in den Speisesaal, und Siegfried saß zu seiten Gunthers auf erhabenem Thronsessel, und sein Herz war so voll Sonne und Heiterkeit wie seit Jahren nicht.

In der Nacht aber saß Hagen lange noch bei seinem Herrn Gunther und beriet mit ihm, wie man Siegfrieds Schwert und Schätze für sich gewinnen könne, ohne eines Pfennigs Gegenwert.

»Er muß Kriemhild sehen, Eure liebliche Schwester,« sagte Hagen endlich und erhob sich, weil schon der Morgen graute. »Die Liebe zähmt und macht zum Sklaven.«

So sprach der grimme Hagen, der unbeweibt geblieben war wie Gunther, sein Herr.

Und von Stund an wich Hagen nicht mehr von Siegfrieds Seite. Er rühmte des Helden Kraft, wenn er im Turnier dahergesprengt kam wie der Sonnengott und mit seiner schlanken Lanze die Burgundenritter aus dem Sattel hob, als wären sie ohne Gewicht. Und er sprach bedauernden Tones davon, daß nicht ein Geschlecht von Siegfriedssöhnen Namen und Art fortpflanzte zum Heile und zur Freude der Menschheit. »Es müßte eine Königstochter sein, schön wie keine zweite unter der Sonne und dem Mond, von mildem Stolz und zärtlichem Gemüt, die nichts anderes wüßte, als ihrem Herrn in Liebe zu gefallen und sein Herz mit Glück zu erfüllen. Doch wo gäbe es eine, die Siegfrieds würdig wäre. O ja, eine wohl wüßte ich, die eine Einzige, aber König Gunther und seine Brüder gäben wohl eher ihr ganzes Reich her als dieses Kleinod, ihre Schwester.«

»Wie heißt sie?« fragte Siegfried.

»Kriemhild heißt sie,« sprach Hagen von Tronje, »und ist schlank und fein, mit blauen Sonnen in den Augen. Und wenn sie ihr Blondhaar löst, steht sie in einem Mantel da aus lichten, fließenden Sonnenstrahlen. Der wallt ihr bis auf die schmalen Füße und verhüllt neidisch die Schönheit ihres Leibes.«

»Ich möchte sie wohl sehen, wenn sie so lieblich ist,« sagte Siegfried und ritt träumerisch hindann.

Und in seinen Träumen sah er die Frau, die er aus der wabernden Lohe befreit hatte, die seinen Verlobungsring trug, der er ihr Heimatland fern im brüllenden Nordmeer zurückgewonnen hatte, und die für all seine heischende Liebe unempfänglich gewesen war in ihrem überhebenden Hochmut. Das stolze Mannweib Brunhild.

Da wurde die Sehnsucht übermächtig in ihm nach echter und rechter Minne. Und jetzt war er es oft, der zu Hagen sprach: »Erzählet mir doch von Kriemhild.«

Wieder saßen die Fürsten und Herren in der Halle, horchten auf Herrn Volkers, des ritterlichen Spielmanns Weisen und tranken aus goldenen Bechern. Und Volkers Fiedelbogen klang so süß von Frauenliebe und Rittertat, daß es Siegfried weich und wild zugleich ums Herze wurde. »König Gunther,« sagte er leise und atmete schwer, »Ihr habt eine Schwester, Kriemhild geheißen.«

Verlegen blickte Gunther in seinen Becher. Die Werbung kam ihm zu früh, und noch hatte der Gast auf seine Pläne nicht verzichtet.

»Sie ist fast noch ein Kind,« entgegnete er ausweichend, »wenn auch an Gestalt und Anmut die blühendste Jungfrau.«

»Gestattet mir,« bat Siegfried, »daß ich ihr meine Ehrfurcht erweise. Ich sah sie noch nie.«

Und Gunther antwortete: »Sie ist scheu und zeigt sich nur unter Männern, wenn es gilt, einen Sieger zu kränzen.«

»Ha,« rief Siegfried ungestüm, »den Sieger will ich schon schaffen, ich habe lange genug geruht!«

Erbleichend gewahrte Gunther des Helden aufsteigende Wildheit. Schon wollte er Hagen zur Hilfe zu sich winken, da schollen Stimmen vom Gange her, und der Herold lief, die Ursache zu erforschen. »Herr König,« rief er, als er zurückkehrte, und seine Stimme war erregt, »es sind Sendboten gekommen von König Lüdegast von Dänemark und König Lüdeger von Sachsen und heischen, vor Euer Angesicht geführt zu werden.«

»Das ist der Krieg,« sagte Hagen von Tronje.

»Ich will ihre Botschaft hören,« gebot König Gunther und packte die Lehnen seines Thronsessels.

Da wurden die Boten vom Herold hereingeführt, und auf einen Wink Gunthers begannen sie ihren Spruch.

»Unsere Herren und Könige Lüdegast und Lüdeger haben uns hergesandt, weil Eure Grenzen, die an die unsern stoßen, sie beleidigen. Sie lassen Euch Krieg ansagen und werden ins Land rücken mit dreißigtausend Rittern und Gewappneten, Eure Burgen brechen und Eure Städte nehmen, so Ihr nicht schleunigst um Frieden bittet und nach ihrem Willen tut, die Grenzen regelt und gebührend Kriegszins zahlt. Das sollen wir Euch, König Gunther, und Euren Brüdern vermelden von König Lüdegast und König Lüdeger.«

Und wieder winkte Gunther, daß man die Boten hinausführe und bewirte.

»Was tun wir?« fragte er, als die Boten draußen waren, und sah Hagen an.

Und mürrisch entgegnete der Tronjer: »Wir sind nicht vorbereitet und könnten in der Eile nicht mehr als ein paar Tausende ins Feld bringen. Was ist das gegen die furchtbare Übermacht?«

»So sollen wir nachgeben?« fragte Gunther und zerbiß seine Lippen. Und atemlos saßen die Ritter und wußten nicht, wie sie der drohenden Gefahr begegnen sollten.

Da tat Siegfried den Mund auf und lachte in die beklommene Stille sein fröhlichstes Lachen. »Herr König Gunther,« rief er, »vor wenigen Minuten erst versprach ich Euch, einen Sieger zu schaffen. Die Gelegenheit ist da. Gebt mir diese Herren hier mit und tausend Mann, und ich werde den Dänen und Sachsen das Wiederkommen verleiden. Auf! Ruft die Boten in den Saal! Ich will meinen Kranz!«

»Und ich?« rief König Gunther. »Was soll ich inzwischen verrichten?«

»Ihr regiert das Land und sorgt, daß alle beruhigt unter Eurem Schutze leben.«

Da sprang Hagen zum Könige und redete ihm zu. Und Gunther ließ die Boten in den Saal zurückrufen.

Majestätisch saß der König, und hochmütigen Tones sprach er:

»Reitet geschwind heim, und wenn euch eure Herren fragen, weshalb ihr eure Pferde nicht besser geschont hättet, so sollt ihr ihnen antworten: Weil uns die Burgunden schon auf den Fersen waren! Fahrt wohl!«

Da stoben die Sendboten der Dänen und Sachsen mit verhängten Zügeln von dannen. Siegfried aber und die Burgundenrecken prüften Harnische und Helme, Schwerter und Speere, prüften Sattel und Zaumzeug und ließen die Hufe der Pferde mit frischen Eisen beschlagen. Auf gut beschirrten Wagen wurde der Proviant verladen und manch ein Fäßlein kräftigen Weins. Und ehe die Woche zu Ende war, ritt Siegfried mit Gernot und Hagen und den andern Burgundenrittern, gefolgt von tausend Mannen, ins Feld. Herr Volker aber, der feurige Spielmann, führte die Fahne.

Durch Hessen hindurch ging der rasche Zug ins Sachsenland hinein. König Lüdeger aber war schon mit seinem Heere zu seinem Bruder Lüdegast gestoßen, so daß an der dänischen Grenze an die vierzigtausend Streiter beisammen waren.

»Ordnet unsere Tausend,« gebot Siegfried dem grimmigen Tronjer, »und stellt vor jedes Hundert einen Recken, daß er den andern das wütende Beispiel gebe. Den Troß laßt zurück. Werden wir auf dem Felde totgeschlagen, so brauchen wir nicht mehr zu essen. Siegen wir aber, so sollen uns die Vorräte der Feinde nicht schlechter munden. Ich werde jetzt einmal auf Kundschaft reiten.«

Mit vorsichtigen Hufen trabte Grane durchs Feld. In der Ferne dehnte sich das riesige Lager der Feinde. Und als Siegfried näher kam, sah er einen goldgeschirrten Reiter die Schildwacht halten. Das war der Dänenkönig Lüdegast.

Siegfried legte die Lanze ein. Aber schon hatte der Däne ihn erblickt, den Speer eingesetzt und den Schild gehoben. Die Rosse griffen aus, daß die Ackerschollen flogen, und so heftig war der Anprall der zornigen Gegner, daß die Lanzen an den Schilden bis auf den Faustgriff zersplitterten. Wortlos griffen die beiden Führer nach den Schwertern, doch bevor Siegfried den Balmung aus der Scheide hatte, schlug ihm der riesige Däne schon so fürchterliche Hiebe über den Helm, daß dem Helden schier Hören und Sehen vergehen wollte. Nun aber hatte er den Balmung frei, und ein gespenstischer Kampf hob an auf der einsamen, nächtigen Heide.

Kein Wort wurde gesprochen. Nur das Stampfen der Rosse, das Klirren der Harnische, das Sausen der Schwerter scholl. Mit einem Schlage spaltete Siegfried des Königs Lüdegast Schild. Der nahm die Stücke und schmetterte sie Siegfried an den Kopf. Der Held aber in wildem Grimm schlug noch einmal zu. Da flog des Dänenkönigs Harnisch in Fetzen. Und als der Däne den Streitkolben packte und ihn in rasenden Hieben auf Siegfried niedersausen ließ, tat Siegfried den dritten Schlag, der den Dänenkönig blutend vom Pferde warf. Da gab sich Lüdegast in Siegfrieds Hand, und der Held nahm ihn als ritterlichen Gefangenen und führte ihn zu den Burgunden. Hei, wie die Herren und Mannen Siegfrieds Lob sangen und allen der Mut mächtig emporwuchs, trotz der Vierzigtausend, die gegen sie standen!

Kaum lugte die frühe Morgensonne über den Horizont, da sahen sie das Feld lebendig werden. So weit das Auge reichte, erblickte man nichts als Schlachthaufen hinter Schlachthaufen, Reiter und Fußvolk.

»Fürchtet euch nicht,« rief Siegfried den Seinen zu. »Wenn das Korn dicht steht, mäht es sich am leichtesten!« Und er ließ Herrn Volker, den Spielmann, die Fahne entrollen. »Mir nach!« schrie Siegfried, gab Grane die Sporen und stürzte sich mitten in die Feinde. In den Bügeln stand er aufrecht, daß alle ihn sehen konnten, und nach links und nach rechts hieb er mit gewaltigem Arme eine Bresche und dann eine Gasse und wütete bald mitten in den feindlichen Haufen. Hinter ihm jagte Volker mit der Fahne und pfiff ein Liebeslied zu seinen schneidigen Hieben. Und links und rechts brachen Gernot in die Heerhaufen und der grimmige Hagen, dessen Einauge funkelte, und der nur mit dem Streitkolben malmend in die Menge schlug, und Dankwart, der blindlings dreinhieb ohne Furcht um sein Leben, Herr Ortwein von Metz, der zu jedem Schlag ein Fluchwort spendete, und die Herren Sindold, Hunold und Rumold, mit zusammengebissenen Zähnen und beißenden Schwertern.

Wie das Roß Grane seinen Reiter trug! In den Rücken der Feinde war Siegfried gelangt, und er warf jauchzend den Gaul herum und bahnte sich mit dem blutigen Schwert eine zweite Gasse, Tote und Stöhnende hinter sich lassend. Wieder hatte er die Heerhaufen durchbrochen, und wieder riß er sein Roß herum. Da warf sich der Sachsenkönig Lüdeger gegen ihn mit so wilder Wucht, daß sich Grane überschlug und Siegfried mit sich niederriß. Aber schon war Grane auf den Beinen und Siegfried im Sattel, und die Wut über den Sturz machte ihn doppelt furchtbar.

»Seid Ihr der Teufel?« schrie Lüdeger und wehrte sich wie ein Verzweifelter.

Und Siegfried schrie zurück: »Riechst du den Schwefelstank, so schwitzt ihn deine Angst!« Und er fegte des Königs Helm und seinen Harnisch, daß kein Teil am andern blieb. Da gab sich ermattet Lüdeger in Siegfrieds ritterliche Haft, und der Held packte den Gefangenen und zeigte ihn dem Heere der Sachsen und Dänen vor. Und es ward ein wildes Flüchten.

Die Burgunden setzten ihnen nach und griffen an Beute und Gefangenen, was ihre Hände fassen konnten. Der am besten Berittene aber wurde abgesandt, König Gunther die Siegesbotschaft nach Worms zu bringen.

Als der Bote an den Rhein kam, stand die liebliche Kriemhild am Fenster ihrer Kemenate. »Sieg!« rief ihr der Reiter zu und schwenkte seinen Helm.

Weit beugte sich Kriemhild zum Fenster hinaus. »Nennt mir den Tapfersten, Mann!«

»Siegfried — Siegfried!« scholl es zurück.

Da spürte Kriemhild, daß ihr glühendes Rot über Hals und Wangen rann, denn sie hatte viele Lieder vernommen von dem herrlichen Helden und war ihm in der Stille zugetan, ohne ihn je erschaut zu haben. —

Nach Wochen kamen die Burgunden mit den gefangenen Königen heim und unermeßlicher Beute. Gunther ging ihnen entgegen, und als Siegfried vom Pferde sprang, umarmte und küßte er ihn.

»Nie werde ich es Euch vergessen,« sprach König Gunther, »was Ihr für mich vollbracht.«

Und sie saßen in der Halle beim Mahle, und die Heimgekehrten hieben in die Schüsseln, als ob es in die Feinde ging, und die Trinkhörner, gefüllt mit rheinischem Wein, machten immer wieder die Runde. Da bat Siegfried, daß man die gefangenen Könige teilnehmen lasse, und man führte sie herein.

»Wählt Euren Teil an der Beute, mein tapferer Siegfried,« rief König Gunther und schwenkte ihm das Trinkhorn zu.

»So wähle ich mir,« sprach der Held, »die beiden Herren Lüdegast und Lüdeger und schenke ihnen die Freiheit, denn sie haben sich wie die Löwen geschlagen.«

Nicht gern hörte König Gunther den Wunsch, aber er mußte ihn gewähren, und die Kunde von Siegfrieds ritterlichem Sinn lief bald in die Frauenkemenate, und Kriemhild vernahm sie mit Freuden.

»Morgen,« flüsterte sie vor sich hin, und ihre Wangen brannten, »morgen werde ich ihn kränzen und sein Angesicht schauen.«

Da schlief die Königstochter nicht eine Stunde in der Nacht.

4. Kapitel

Wie Siegfried mit Gunther gen Island fuhr, an des Königs Stelle Brunhild im Kampfspiel besiegte und vom Rheine Schätze holte

Goldenen Glanzes lag die Sonne über Worms am Rhein und seiner Königsburg. Wie selige Stimmen sangen die Glocken vom hohen Münster und luden die Heimgekehrten zum Dank gegen Gott. Aus dem Portale traten sie heraus, gesegnet und erhoben. Und in prunkvollem Zuge schritten sie zur Kurzweil des Tages, die König Gunther den Siegern bot mit Turnier, Spielmannssang und Becherklang.

Da öffneten sich die Gemächer der königlichen Frauen, und von ihrer Mutter, Frau Ute, geleitet, von holden Jungfrauen umringt, betrat Kriemhild den Festplatz.

Weiße Seide floß an ihrem jungen Leib herab, die war mit buntschimmernden Borten reich geziert. Den Kopf mit dem schweren Blondhaar hielt sie züchtig geneigt, und ein feines Krönlein leuchtete aus den Flechten. In der Hand hielt sie einen kunstvoll gebogenen Eichenzweig. So schritt sie über den von brausenden Heilrufen erfüllten Festplatz und trat vor die Männer.

Staunend sah Siegfried auf das wunderliebliche Mägdlein, und sein Herz schlug laut, als er ihre süße Stimme vernahm.

»Herr Siegfried,« hörte er sie sagen, »vieledler und tapferer Held, ich bringe Euch den Dank des Burgundenlandes dar für Eure siegreiche Hilfe und Euer Heldentum. Ich bitte Euch, nehmt diesen Kranz.«

Tief ins Knie sank Siegfried vor der wonniglichen Jungfrau, und mit zitternden Händen drückte sie ihm den Kranz ins Haar.

Da schaute er auf, und ihre Augen begegneten sich, wurden groß und weit, tranken sich satt und wollten sich nicht mehr lassen. Und Kriemhild beugte sich über ihn, der immer noch vor ihr kniete, und Auge in Auge versenkt küßte sie ihn auf den Mund.

Jauchzend stiegen Fanfaren gen Himmel, rasselten Schwerter gegen Schilde, schwang sich das Jubelgeschrei des Volkes durch die Lüfte. Kriemhild aber stand noch immer über Siegfried gebeugt, die Hände auf seinen Schultern, Auge in Auge staunend versenkt und weltvergessen, bis Frau Ute lächelnd zu ihrer Tochter trat und ihre Hand faßte. Da erwachte Kriemhild wie aus tiefem Traume, errötete heiß und ließ sich von der Mutter zu ihren Plätzen geleiten.

Siegfried aber sprang auf, lachte glückselig über die Bahn hin, rief seinem Roß und warf im Turnier, was sich ihm entgegenstellte, wohl an die dreißig der stärksten Ritter.

Als die Männer am Abend in der Halle saßen und gewichtige Becher hoben, heischte König Gunther ein Lied, und Herr Volker von Alzey hob lustig den Fiedelbogen.

»Es brandet die See um ein bergiges Eiland,« so sang er, »als müßte sie hüten den herrlichsten Hort. Wißt ihr, warum, ihr Ritter und Recken? Laßt es euch sagen vom Sänger heut. Ein Weib weilt dort von schimmernder Schöne, ein Weib, wie das Auge kein zweites ersah. Wuchtig ihr Wuchs und das Haupt erhaben, den lieblichen Leib von Eisen umhüllt. Brunhild heißt sie, die bräunliche Wilde, ihr nachtschwarzes Haar strömt den Nacken hinab. Stählern ihr Arm, der den Wurfspeer schleudert, Kräfte der Riesin wohnen im Weib. Mancher wohl kam, von Minne getrieben, keiner kehrt' wieder zum heimischen Herd. Blutend blieb er im Kampfspiele Brunhilds, nichts gewann er als trüben Tod. Ein Weib weiß ich wohl, Brunhild geheißen, die herrlichste Heldin, die minnigste Maid. Hei, König Gunther, das wär' die Genossin, würdig, zu wohnen zu Worms am Rhein!«

Noch einmal schwirrte der Fiedelbogen auf. König Gunther saß in Sinnen.

»Wollt Ihr dem Spielmann nicht danken?« rief Herr Hagen von Tronje. »Es war ein ritterlich Lied.«

Da hob König Gunther den Kopf und blickte sich um im Kreis.

»Noch immer bin ich unbeweibt,« sagte er langsam. »Das Land braucht eine Königin, die Krone einen Erben. Brunhild! Es könnte mich gelüsten, dich zu gewinnen.« Und er wandte sich an den Fiedler. »Wie heißt das Eiland, und wo ist es gelegen?«

»Island heißt es, Herr, und ist trotzig gelegen im schwarzen Nordmeer.«

»Herr Siegfried,« sagte König Gunther, und Siegfried fuhr auf, denn er hatte nichts getan, als an die liebliche Kriemhild gedacht. »Herr Siegfried, Ihr habt alle Meere befahren. Könntet Ihr wohl den Weg mir weisen zu Brunhild auf Island?«

»Herr,« erwiderte Siegfried erschrocken, »wie kommt Ihr auf solche Gedanken?«

»Sie soll mein Weib und meine Königin werden,« sprach Gunther, »sie und keine andere.«

»Herr König,« bat Siegfried, »laßt ab. Sie ist von wildem Denken und Tun, und es möchte Euch leicht das Leben kosten.«

»Was?« lachte Gunther. »Ich werde doch wohl noch die Kräfte eines Weibes bändigen können?«

»Herr,« sagte Siegfried, »ich habe vor Jahren Brunhild gekannt. Und ob ich auch weiß, daß Ihr ein starker Ritter seid, sie ist nicht zu bändigen, und Ihr zwingt sie nicht.«

Das ergrimmte den König, und sein Wunsch, Brunhild zu gewinnen, wurde nur noch stärker. Er führte Siegfried beiseite und beschwor ihn, ihm beizustehen auf der Fahrt. »Wählet das Köstlichste meiner Kleinodien,« sprach er, »wählt, was Ihr wollt. Nur verhelft mir zu Brunhild, und ich will es Euch nie vergessen.«

Da sagte Siegfried: »So gebt mir Kriemhild, Eure Schwester, zum Weibe.«

Das schwur ihm Gunther in die Hand.

Und sie kehrten zu den Rittern zurück und berieten die Fahrt.

Um eine Woche später stieß von Worms ein Schiff in den Rhein, das trug Gunther und Siegfried, Hagen und Dankwart, mitsamt ihren Rossen, Panzern und glänzenden Gewandungen. Frau Ute stand mit Kriemhild auf dem Söller der Burg, und das Mägdlein weinte heiße Tränen, während ihr Tüchlein den Scheidenden ein Lebewohl zuwinkte. Aus heißer Sehnsucht nach dem Helden vom Niederrhein weinte die Königstochter.

Die Recken aber fuhren wohlgemut den Rhein hinab, bis sie zum Meere kamen. Hier kauften sie ein kräftiges Drachenschiff, das vor Wind und Wellen nicht bangte, und Siegfried nahm das Steuer, und sie fuhren über die See gen Island.

Auf ihrer Felsenburg saß Brunhild, die gewaltige, und schaute hinaus über die wilden Wasser. An Siegfried dachte sie, den stärksten Helden, und es war ihr leid, daß er nicht wiedergekehrt war. Hundert Männer waren gekommen, um sie zu werben, und sie hatte sie alle besiegt im Kampfspiel, das sie forderte. Nur einen gab es auf der Welt, der stärker war als sie: Siegfried. Und sie seufzte tief auf, und ihr Herz entbrannte von Liebe nach ihm.

»O kämst du doch heim als ein König, du einziger Held.«

Da gewahrte sie ein Schiff in der Ferne, und das Schiff kam mit vollen Segeln herangebraust und brach die anstürmende Brandung so stark und sicher, daß Brunhild aufsprang und gebannt nach dem Steuermann sah. »Nur Siegfrieds Faust ist so fest,« murmelte sie, »nur Siegfrieds Seele so mutig. Er ist's!« rief sie jubelnd. »Er ist's! Siegfried kehrt wieder!«

Und sie schritt hastig in ihre Kemenate und rief ihren Kammerfrauen und ließ sich schmücken, daß ein strahlender Glanz von ihr ausging.

Siegfried aber sprach im Schiff zu König Gunther und seinen Gesellen: »Hört mich wohl an. Diese Frau ist von so unbändigem Stolze, daß sie nur Könige und Lehnsmannen kennt. Würde ich gleichberechtigt mit Gunther vor ihr erscheinen, ich fürchte, sie wird an des Königs Macht und Ansehn zweifeln. Deshalb will ich mich meiner Stellung, die mir meine königliche Geburt zuweist, begeben und als ein Lehnsmann König Gunthers auftreten. Das wird seinen Glanz vor ihr erhöhen.«

Darüber waren die Herren froh und lobten Siegfried sehr wegen seiner Treue.

Und Siegfried sprach weiter: »Als ich den Drachen erschlug und Alberich bändigte, gelangte ich in den Besitz einer Tarnkappe, die mich unsichtbar macht, wenn ich sie trage. So werde ich denn, keinem Auge sichtbar, neben Gunther stehen und seinem Arme helfen, Brunhild in den Kampfspielen zu besiegen. Es könnte sonst leicht König Gunthers und unser aller Leben kosten.«

Da wurde König Gunthers Herz leicht, und er dankte Siegfried mit beredten Worten.

Schon schritt die schöne Brunhild mit ihrem Gesinde aus dem Burgtor hervor und nahm den Weg zum Hafen, als das Schiff den Anker warf. »Bei Gott,« sagte Gunther und atmete tief, »die Kunde hat nicht übertrieben. Nie sah ich ein herrlicher Weib.«

Starke Bretter schob Siegfried vom Schiffsrand ans Land. Und er nahm zuerst König Gunthers Roß, führte es hinüber und hielt wie ein Lehnsmann den Steigbügel, als König Gunther sich in den Sattel schwang. Dann erst holte er sein Roß Grane und stieg mit Hagen und Dankwart zu Pferde.

Erstaunt sah Brunhild sein Beginnen.

»Vieledler Held Siegfried,« rief sie lachend, »was treibt Ihr für Possen? Es ziemt sich nicht, einem andern Dienste zu verrichten. Doch seid mir von Herzen willkommen und laßt Euch sagen, daß ich Euch gerne sehe und lange Eurer harrte.«

Siegfried aber entgegnete: »Ihr irrt Euch, hohe Frau. Nicht an mich dürft Ihr Eure Begrüßung richten, denn ich reite nur im Gefolge des mächtigsten Königs, Herrn Gunther von Worms, den Ihr vor Euch seht, und freue mich, sein Lehnsmann zu heißen.«

Da erbleichte die stolze Brunhild und wandte ihr Auge zu Gunther. Und Gunther ritt auf sie zu, sprang vom Pferde und neigte sich ritterlich.

»Was sucht Ihr bei mir und in meinem Lande?« fragte sie hochmütig.

»Euch suche ich, herrliche Brunhild, und Eure Minne,« rief der König. »Ich weiche nicht anders aus diesem Land als mit Euch!«

Spöttisch maß ihn die heldische Frau vom Scheitel bis zur Sohle.

»Ihr habt Euch viel Last gemacht, edler Herr. Konntet Ihr nicht zu Hause sterben?«

»Ich gedenke,« sprach Gunther, »nicht eher zu sterben, als bis ich weidlich Eure Minne gekostet habe.«

Hellauf lachte Brunhild.

»Wenn Euch die Aussicht auf Schläge reizt, so stellt Euch morgen bei Sonnenaufgang zum Turnier. Und Ihr sollt den Mittag nicht mehr erleben. Kämmerer, weist den Herren für die letzte Nacht Herberge an.«

Und immer noch hohnvoll lachend, wandte sie sich und schritt zur Burg zurück. Siegfried aber, den bescheiden abseits Stehenden, beachtete sie mit keinem Blick. So schwer hatte es ihren Stolz getroffen, daß der einzige Mann, den sie geliebt hatte, ein Dienstmann geworden war.

Die Herren aus Worms aber legten sich bald zur Ruhe nieder. Denn sie wußten, daß der kommende Tag ihrer Kräfte reichstes Maß beanspruchte.

Kaum graute der Morgen, als helle Fanfarenstöße sie aus dem Schlummer weckten. Eiligst sprangen sie auf und halfen Gunther, sich rüsten. Und jeder wappnete sich selber aufs beste. So ritten sie auf ihren Rossen zum Turnierplatz.

Umgeben von ihren Rittern und Frauen nahte Brunhild. Ein goldener Panzer schirmte ihr Brust und Leib, ein strahlender Helm mit Adlerflügeln das schwarz umlockte Haupt. Nackt waren die mächtigen weißen Arme, die Schild und Speer hielten, und das Bild der Heldin war soübergewaltig, daß Gunther den Atem stocken fühlte.

»Drei Aufgaben nenne ich Euch,« sprach die Starke. »Löst Ihr sie, so gebe ich mich als Euer Weib. Laßt Ihr Euch nur in einer besiegen, so ist mir Euer Kopf und der Eurer Gesellen verfallen. Entscheidet Euch.«

»Nennt die Aufgaben,« antwortete Gunther kurz.

Und Brunhild sprach weiter: »Zuerst zeigt Eure Kraft im Speerwurf und sorgt, daß Ihr mich niederwerft. Zum zweiten gilt es, den hundertpfündigen Felsstein zu schleudern. Sorgt, daß Ihr nicht eine Spanne hinter mir zurückbleibt. Und zum dritten sollt Ihr mich, gepanzert und gewaffnet, im Weitsprung überholen. Nun? Traut Ihr Euch immer noch?«

Da sprach Siegfried: »Herr König, gebt mir Urlaub, damit ich zum Schiffe gehe und das Brautgeschenk hole.«

Das gewährte Gunther, und Brunhild biß sich die Lippen.

Siegfried aber ging nur bis vor die Burg, wo ihn keiner sah, zog die Tarnkappe über und kehrte unsichtbar zu seinen Gefährten zurück. »Mut,« flüsterte er und berührte Gunthers Arm, »ich bin bei Euch.«

Die Rosse wurden aus der Bahn geführt. Brunhild begab sich auf ihren Stand. Sie wog den furchtbaren Speer in ihrer Hand, als wäre es eine Gerte, stemmte den Schild vor, bog sich zurück, zielte und schleuderte die Waffe mit solcher Wucht, daß die Luft aufheulte, die Speerspitze Gunthers Schild zersplitterte und der König niedergebrochen wäre, hätte ihn Siegfrieds Faust nicht gehalten. Mit eisernem Ruck zog Siegfried den Speer aus dem Schild, so, daß es aussah, als täte es Gunther. Und ritterlich, als ob es gälte, die schöne Frau nicht allzusehr zu treffen, kehrte er den Spieß um und schleuderte ihn, mit dem stumpfen Schaftende nach vorn, zurück, so furchtbar aber, daß er dröhnend Brunhilds Schild zerbeulte, die Starke den Boden unter den Füßen verlor und rücklings in den Staub fiel.

Zornig sprang sie auf und ordnete Rüstzeug und Gewand. Blutrot lief die Scham über ihr Gesicht, und der Haß sprang gleich Blitzen aus ihren nachtdunklen Augen.

»Frohlockt nicht zu früh,« rief sie ergrimmt, »ich habe nur gescherzt!« Und sie ergriff den hundertpfündigen Felsblock, ließ ihn wie einen Ball auf der flachen Hand tanzen, packte an und warf ihn in wildem Schwunge wohl fünfzig Ellen weit. Und mit gewaltigem Anlauf hob sie sich im Panzer in die Lüfte und schwang sich hinter dem Stein her und sprang weiter noch, als der Stein gefallen war.

Da wurde es totenstill auf der Bahn, und Hagen flüsterte seinem Bruder Dankwart zu: »Mach dein Schwert locker und stell dich mir Rücken an Rücken. Es wird heiße Arbeit geben.«

Gunther schritt zum Steine, und unsichtbar schritt Siegfried neben ihm. Und Siegfried hob den Stein, als höbe ihn Gunther, spannte alle Muskeln an und warf den Felsblock noch zehn Ellen über Brunhilds Marke, packte Gunther um den Leib, sprang an und trug Gunther durch die Luft, als sause ein Falke daher. Weit über den Stein hinaus ging er mit Gunther zur Erde nieder.

Mit vorgebeugtem Leib und verzerrtem Gesicht hatte Brunhild Wurf und Sprung verfolgt. Jetzt sanken ihr die mächtigen Arme an den Leib.

»Nie,« sagte sie, und ihr Atem ging erregt, »hätte ich geglaubt, daß außer Siegfried ein sterblicher Mann solches vermöchte. Nun weiß ich, daß Ihr recht tatet, König Gunther, Siegfried zu Eurem Dienstmann zu nehmen. Ich werde Euch als Euer Weib folgen, wie ich es Euch versprach.«

Da schmetterten die Trompeten, da stürmte der Jubel des Volkes durch die Luft.

Siegfried aber war wieder vor das Tor geeilt, hatte die Tarnkappe abgezogen und kehrte nun auf die Bahn zurück, als wüßte er noch nichts von den Geschehnissen.

»Vorwärts,« rief er, »König Gunther! Auf zum Kampf! Es wird Euch gelingen!«

Da lachten sie alle, daß er das herrliche Kampfspiel versäumt hatte, und Brunhild schaute hochmütig auf ihn herab.

»Wo habt Ihr den Brautschmuck, Mann?« fragte sie ihn herrisch.

Siegfried aber bog huldigend das Knie und entgegnete: »Gütige Herrin, er ist so groß, daß meine Arme ihn nicht zu fassen vermochten. Des Schiffes ganzer Inhalt ist Euer.«

Da ging sie achselzuckend an ihm vorbei und ging zum Schiffe und musterte, was es an Gold und Steinen barg.

»Mit so elendem Kram,« rief sie höhnisch, »glaubt Ihr vor Islands Königin bestehen zu können? Wähnet Ihr, mich beleidigen zu dürfen, so rufe ich meine Ritter und Mannen, daß sie Euch allesamt greifen und im Meer ersäufen!«

Erblaßten Gesichtes stand Gunther vor der Ergrimmten und fand keine Antwort.

Siegfried aber lachte: »Nicht so, Frau Königin. Es ist dies nur eine Probe der Schätze, die für Euch unterwegs sind. Das Schiff, das sie birgt, wurde vom Sturm verschlagen. Gebt mir Urlaub, damit ich es auf dem Meere aufsuche und zu Euch in den Hafen geleite.«

Mit düsteren Augen blickte Brunhild den Kühnen an. »Es könnte Euch furchtbar gereuen,« sprach sie, »so Ihr mich zu betrügen gedächtet. Diese hier bleiben als Geiseln in meiner Hand. Sputet Euch, daß Ihr bald wiederkehrt und Eure Worte wahr macht. Euer Herr und seine Gefährten dürften sonst den Rhein nicht wiedersehen.«

Da nahm Siegfried Abschied von Gunther, Hagen und Dankwart, beurlaubte sich von der Königin und ging mit seinem Roß Grane an Bord des Schiffes. Günstig wehte der Wind, die Segel knallten und knatterten, des Helden Hand lag am Steuer, und wie ein Vogel schwand das Schiff am fernen Horizont.

In halber Zeit erreichte Siegfried die Mündung des Rheines, gebot den Schiffsleuten, bis zu seiner Wiederkehr zu warten und schwang sich auf Granes Rücken. Und das treue Roß trug ihn im Fluge durch die rheinischen Lande, bis das Siebengebirge vor ihnen blaute und der Held den ihm wohlbekannten Weg zur Drachenburg ritt, die den reichen Nibelungenhort barg.

Nacht war's, als Siegfried vom Pferde stieg. Und er gedachte seines Verwalters Alberich Wachsamkeit zu erproben und lärmte wie ein Trunkener am Tore und begehrte mit hämmernden Faustschlägen Einlaß.

Da öffnete sich mit einem Ruck die Pforte, und der wilde Zwerg sprang mit einer langen Eisenstange heraus und prügelte so fürchterlich auf Siegfried ein, daß dem Helden die Funken aus den Augen stoben, und er Island nie wiedergesehen hätte, wäre es ihm nicht gelungen, unter den hageldichten Hieben den wilden Zwerg beim Barte zu erwischen und fest in seine Arme zu reißen.

»Guten Abend, Freund Alberich,« lachte er dabei. »Ich sehe, Ihr seid immer noch gesund und munter.«

Da erkannte der Wütende seines Herrn Siegfried Stimme, und er ließ nach mit Strampeln und Fußtritten.

»Verzeiht,« bat er ganz außer Atem, »daß ich Euch ein wenig unwirsch begegnete.«

»Ein wenig?« lachte Siegfried und befühlte seine Beulen. »Gott soll mich behüten, wenn es einmal mehr als ein wenig geschieht.« Und er klopfte seinem getreuen Verwalter fröhlich die Schulter.

Dann befahl er ihm, eilends die Nibelungenritter zu wecken, und er wählte aus ihnen eine starke, glänzende Schar, und aus den Schätzen erwählte er so viel, als ein Rheinschiff fassen konnte, und am anderen Tage fuhr er mit den Schätzen und den Rittern wieder den Rhein hinab zum Meere, wo er sein Drachenschiff und seine Schiffsleute fand und eine schnelle Umladung erwirkte. Durch Sturm und Wogenprall ging die Meerfahrt gen Island.

König Gunther saß mit Hagen und Dankwart am Strande. Tief in Sorgen saß er, und keine Hoffnung war mehr in seiner Seele. Und sie sprachen unter sich von Siegfrieds Flucht und manch ein schlimmes Wort von dem Helden, der jetzt wohl schon die bergende Heimat erreicht hätte, während sie verzweifelnd den Tod erwarteten, schimpflich dazu, von eines Weibes Hand; der wohl gar das ganze Burgundenland sich zu eigen mache und sich prahlerisch auf Gunthers Thron setze.

So sprachen sie mit vergifteten Gemütern und glaubten nicht an Siegfrieds Treue, als Hagen aufsprang und erregt in die Ferne wies. Denn sein scharfes Einauge hatte am Horizont das Drachenschiff erspäht.

»Er naht, er naht!« rief er. »Siegfried kommt wieder!«

Da kehrte in König Gunthers Seele aller Hochmut zurück, und er erhob sich und sagte kalt: »Er hatte es geschworen.«

Eilig kam Brunhild aus den Toren der Burg, und ihre Ritter und Frauen folgten ihr mit staunenden Gebärden.

»Hohe Fürstin,« redete Gunther sie an, »rüstet Euch zur Reise nach Worms. Siegfried kommt, und ich wünsche nicht einen Tag länger ohne Eure Minne zu weilen.«

Mit starren Augen sah Brunhild dem heranschießenden Schiffe entgegen. Nun warf es Anker, nun schoben kräftige Hände die Laufplanken ans Land. Und Siegfried stand hochaufgerichtet an Bord und führte die glanzvolle Schar seiner Nibelungenritter vor Brunhild hin, daß die Mannen Brunhilds erbleichten, und wies lachend auf die aufgehäuften Schätze seines Schiffes.

»Ich habe daheim neue geholt, edle Königin. Es deuchte mir einfacher so.«

Geblendet blickte Brunhild auf die Reichtümer, bewundernd auf die auserlesene Ritterschar. Und willig ging sie an Gunthers Seite an Bord, zur Fahrt nach Worms, zur Hochzeit am Rhein.

5. Kapitel

Wie Siegfried mit Kriemhild und Gunther mit Brunhild Hochzeit machte, und wie Siegfried an Gunthers Stelle Brunhild bändigte

Hui, jagten die Boten den Rhein hinan mit verhängten Zügeln. Blumen trugen die Rosse rechts und links im Kopfzaum, und grüne Zweige die Reiter am Eisenhut. Stromauf jagten sie und nahmen sich keine Zeit zur Rast, bis Worms vor ihnen aufstieg, die schöne Stadt. Da lief das Volk zusammen, sie zu befragen, aber sie sprengten mit lustigen Worten hindurch und in den Hof der Königsburg hinein und ließen sich melden bei Frau Ute und der Königstochter Kriemhild, bei Gernot und Geiselher, den jungen Fürsten.

Im Thronsaal empfingen Frau Ute und die Königskinder die Boten und hießen sie reden und berichten und kein Wort vergessen. Und sie vernahmen die Abenteuer der Helden in Island, Gunthers Sieg über Brunhild, Siegfrieds errettende Meerfahrt und die Heimkehr der Helden mit Brunhild, der stolzen Fürstin. »So aber bittet und gebietet König Gunther,« schloß der Bote, der vor den anderen das Wort führte: »Die Hochzeit möchtet Ihr richten in Eile und nicht sparen mit Gold und Gewändern und köstlicher Tafelzier, und Einladungen möchtet Ihr ergehen lassen an alle Edlen des Burgundenlandes, mit ihren schönen Frauen zu erscheinen auf heut über acht Tage zu Worms am Rhein. Denn dann gedenkt König Gunther einzuziehen und keine Stunde zu säumen, die hehre Brunhild als seine Königin neben sich auf den Thron der Burgunden zu setzen.«

Da weinte Frau Ute vor Freuden, und Kriemhild stand mit wogender Brust und leuchtenden Augen, weil Siegfried so treu gewesen war. Gernot und Geiselher aber eilten, ihres Bruders Gunther Wünsche zu erfüllen, und die Hochzeitsboten jagten selbigen Tages durch die Lande und entboten alle burgundischen Edlen gen Worms.

Das war ein Leben am Rhein! Das war ein Singen und Springen bei emsiger Arbeit und fröhlicher Zurüstung. Mit den Meuten zogen die Jäger aus in die Wälder und Berge zu beiden Seiten des Rheins und brachten den Auerochsen heim, den saftigen Hirsch und den Bären für leckeren Schinken. Die Fischer stellten die Reusen und warfen die Netze und holten den Hecht aus dem Rhein, den rosigen Lachs und den fetten Aal. Herr Rumold rumorte in der Küche und verteilte in wenigen Tagen mehr Ohrfeigen an die tanzenden Küchenjungen als sonst in einem Jahre. Herr Hunold kam kaum noch aus dem Keller zum Vorschein, und sein Heldenantlitz wurde von ernsten Weinproben röter als der purpurne Burgunder im Faß. Herr Sindold, der Herold, lief Tag und Nacht wie ein Wiesel treppauf, treppab, ließ die Gemächer instand setzen für die Unterkunft der vornehmen Gäste und die Tafeln aufschlagen für das Hochzeitsmahl. Frau Ute aber gab das schimmerndste Leinen heraus und das kostbarste Tafelgeschirr, und Kriemhild saß stundenlang vor ihren Truhen und wählte das wunderlieblichste Gewand, dem Helden Siegfried zu Gefallen.

Der Tag des Einzugs kam, und die Gäste strömten von nah und fern in die Hochzeitsstadt, um König Gunther bei der Landung zu begrüßen. Da kamen auch aus Xanten König Siegmund und die Königin Sieglinde, Siegfrieds betagte Eltern, denen er Kunde geschickt hatte schon von der Küste aus. Und aus dem Walde kam Mime, der Schmied, auf einem großen Pferd, und die Menschen lachten ihn aus wegen seines Höckers. Er aber achtete des Spottes nicht und freute sich im Herzen der Taten seines Pflegesohnes.

In feierlicher Fahrt nahte das Königsschiff auf dem Rhein, und auf dem Leinpfad hatten die Rosse zu ziehen, daß sie es in den Hafen brächten. Hochgemut stand König Gunther an Bord, die

Krone auf dem Kopf, und neben ihm stand Brunhild in nachtdunkler Schönheit. Inmitten der Ritter aber ragte Siegfried um Hauptes Länge hervor, und sein goldenes Haar leuchtete weit in der Sonne.

Hei, wie die Spielleute am Ufer bliesen und drommeteten, fiedelten und schalmeiten! Hei, wie die Ritter mit Schwert und Speer die Schilde schlugen und alles Volk sang und jauchzte! Ja, das war ein Leben am Rhein!

König Gunther führte an der Hand die stolze Brunhild vom Schiffe. Und Frau Ute schritt ihr entgegen samt ihren Kindern, dem stattlichen Gernot, dem fröhlichen Geiselher und der lieblichen Kriemhild, und sie alle begrüßten Brunhild mit Kuß und Umarmung. Siegfried aber trat zu Gunther und mahnte ihn leise an die Erfüllung seines Versprechens. Da winkte König Gunther der errötenden Schwester, daß sie Siegfried grüße, und Siegfried nahm sie in beide Arme und küßte sie auf Augen und Mund.

»Getraust du dich wohl,« flüsterte er ihr zu, »mein Weib zu werden, du Liebliche, wenn ich dir sage, daß dein Bruder Gunther es nicht ungern sieht?«

Da nickte sie nur und umhalste ihn. Und er hielt sie ganz fest und doch ganz zart in seinen Heldenarmen. Und dann führte er sie seinen Eltern zu, die sich über die Maßen der lieblichen Schwiegertochter freuten, und rief Mime herbei und ehrte ihn vor allem Volke durch Kuß und Umarmung. Da schwieg der Spott, und niemand gewahrte mehr des Schmiedes Höcker.

Nie zog ein glänzenderer Hochzeitszug zum Münster als der, in dem Gunther mit Brunhild, Siegfried mit Kriemhild schritten, und der Dom faßte nicht die Menge der Gäste und des feiernden Volkes, das die Kirchenstufen besetzt hielt und den weiten Platz. Und die Glocken sangen und jubilierten, als die Vermählten den ragenden Münsterbau verließen und unter den Heilrufen des Volkes in die Königsburg einzogen zum festlichen Mahle.

Auf erhöhten Thronsesseln saßen Gunther und Brunhild nieder, und ihnen gegenüber, auf gleich hohen Thronsesseln, saßen Siegfried und Kriemhild. Die Gäste aber ringsum nach Rang und Stand sorglich geordnet.

Einen finsteren Blick warf Brunhild auf Siegfried und rührte nichts an von Speise und Trank. Ungern gewahrte König Gunther das düstere Wesen des geliebten Weibes, und leise und zärtlich befragte er sie nach Grund und Ursache.

»Wie kann ich heiter sein,« sagte Brunhild verächtlich, »da ich sehen muß, wie sehr dir der Stolz fehlt.«

Heiß errötete da Gunther und sprach: »Der König der Burgunden hat des Stolzes genug, und niemand darf daran zweifeln.«

»Nennst du das Stolz,« eiferte Brunhild, »wenn des Königs Schwester gut genug befunden wird, eines Dienstmannes Eheweib zu werden? Nicht essen noch trinken mag ich vor Scham über solches Geschehnis.«

Und verlegen antwortete ihr der König: »Er hat mir große Dienste getan. Frage nicht weiter und freue dich der süßen Stunde.«

Brunhild aber blieb trotzig und hochfahrend.

»Dienste zu tun, dafür ist er Lehnsmann. Es muß also ein Besonderes sein, daß du ihn so verschwenderisch belohnst, und mir soll es verborgen werden. Sag' mir die Wahrheit, so dir daran liegt, daß ich dir meine Liebe zeige.«

Da beteuerte ihr Gunther mit vielen Worten, daß nirgend ein Geheimnis wäre und nur Siegfrieds Treue und Tapferkeit so hohen Lohn erführe. Sie aber blieb stumm und verschlossen den ganzen Abend über.

Dann nahten die Pagen mit den Fackeln, die Vermählten in ihre Gemächer zu geleiten, und Brunhild schritt hochmütig an der Seite ihres Gemahls. Und ohne ihn eines Blickes zu würdigen, warf sie die Kleider ab und legte sich zu Bett.

»Liebste,« bat Gunther und wollte sie mit Zärtlichkeit streicheln, »nun verscheuche die grollenden Gedanken und gib der Freude Raum.«

Sie aber zürnte aus den Kissen heraus: »Rühr' mich nicht an, oder es ergeht dir schlimm.«

Da packte den König die Wut, und er ergriff Brunhild bei den Armen, um sie zu zwingen und sie seine Kraft spüren zu lassen. Sie aber sprang jach aus dem Bette auf, befreite sich mit hartem Stoß von ihm, umspann mit einer Hand seine beiden Handgelenke, griff nach ihrem Gürtel, schnürte ihm Arme und Beine zusammen und hing ihn wie ein Kleiderbündel an den Bettpfosten.

»Ei,« sagte sie, »sieh an. Und von solchem Manne bin ich besiegt worden im Speer- und Steinwurf und heldischem Sprung in Panzer und Waffen? Da steckt mir ein Geheimnis hinter, und ich will es wissen, mein Freund, oder deine Liebe bleibt hübsch bei dir allein und findet nimmer Gegenliebe bei mir.«

Gunther aber bat und bettelte, ihn zu lösen aus der unwürdigen Haft, und schwur hoch und teuer, nur die Strapazen der langen Reise hätten seine Kraft ermüdet.

Da lachte sie höhnisch auf: »Träume süß, mein Herr und Held. Und morgen nacht hänge ich dich wieder an den Pfosten, so lange, bis ich weiß, was mir zu wissen ziemt.«

Damit legte sie sich ruhig zu Bett, streckte die schönen Glieder und entschlummerte.

Das war eine böse Nacht für König Gunther am Pfosten von Brunhilds Bett. Und als sie ihn am Morgen löste, schmerzten ihn alle Knochen im Leibe, so daß er kaum gehen und stehen konnte. Das sah Siegfried, und er befragte ihn.

Lange zögerte Gunther mit der Antwort. Dann aber gestand er dem Schwager die Ereignisse der Nacht. »Was soll ich tun?« fragte er und knirschte mit den Zähnen. »Ich werde zum Gespött der Welt, wenn ich das Weib nicht zwinge. Und so blendend schön war sie in ihrem Zorn.«

»Vertraut mir, Schwager,« begann Siegfried nach einigem Sinnen, »ich habe einen Plan.«

»O Siegfried,« rief König Gunther, »nennt ihn mir, und sei er, wie er sei: ich will es Euch ewig danken, so Ihr die Wilde zähmt.«

»So hört mich an,« sprach Siegfried. »Begebt Euch heute abend früher zur Ruhe, damit es meine Frau Kriemhild nicht gewahrt, daß ich ein Stündlein fehle. Wenn Ihr das Schlafgemach betretet, bin ich schon, wohl verborgen, dort. Löscht gleich das Licht und zieht Euch in den äußersten Winkel zurück. Ich aber trete in der Dunkelheit an Eurer Stelle vor, bändige Euch die Wilde und räume Euch wieder das Feld.«

Nicht sonderlich lieb war dem stolzen Könige der Vorschlag. Aber die Sorge trieb ihn, daß er ihn annahm.

Am Abend harrte der starke Siegfried im königlichen Schlafgemach. Hinter einem hohen Wandschirm stand er und wartete. Und König Gunther erschien frühzeitig mit seiner Königin Brunhild, und als Brunhild die Kleider abwarf, löschte Gunther das Licht.

»Glaubst du mir in der Dunkelheit zu entkommen?« spottete Brunhild und legte sich zu Bett. »Nahe mir nur mit einem Schritt, und ich hänge dich an den Pfosten.«

Da schlüpfte Siegfried hinter dem Schirm hervor, und Gunther verbarg sich im Winkel.

An das Bett trat Siegfried und griff sie hart beim Gewand. Brunhild aber sprang aus dem Bette heraus, daß der Boden dröhnte, und warf in wildem Ansturm den starken Mann an die Wand.

»Hei,« dachte Siegfried, »um ein Haar, und mir wäre der Kopf zerschellt.« Aber er sprach kein Wort, damit seine Stimme ihn nicht verrate, und stumm packte er aufs neue zu.

»Hast du noch nicht genug?« rief die verwegene Frau. »Warte, so werde ich dich schnüren, daß dir der Atem vergeht.«

Und sie warf ihm die Arme um den Leib, daß Siegfried sich mit aller Gewalt gegen den Boden stemmen mußte, um nicht vor solcher unbändigen Kraft den Halt zu verlieren. So rangen sie mit keuchendem Atem in der Dunkelheit und warfen sich an den Wänden hin, daß es dem angstvoll lauschenden König Gunther im Blute grauste und er mehr als einmal aus einer Ecke in die andere schlüpfen mußte, um nicht zu Boden getreten zu werden.

Mit einer Hand hatte Brunhild den Gürtel ergriffen und suchte des Gegners Hände damit zu umschlingen. Der Held dachte, sein letztes Stündlein wäre gekommen, und die Scham, von einem Weibe besiegt zu werden, gab ihm frische Kräfte und entfesselte seinen Grimm. Hatte er bisher immer noch die Frau und Königin in Brunhild geschont, so griff er jetzt eiserner zu. Mit klammernden Fäusten packte er sie um den Leib, schwang sie mit stürmender Kraft vom Boden auf und warf die Unbändige aufs Bett, daß ihr die Glieder krachten. Auf wollte Brunhild. Er aber sprang zu ihr aufs Lager und umschlang sie so fest, daß ihr der Atem stockte und alle Kraft zu Ende ging.

Da begann sie zu bitten und zu stammeln.

»O König Gunther, verzeiht mir. Trotz und Ungestüm will ich von mir tun für mein ganzes Leben. Denn nun verspürte ich es wohl von Euren Schlägen und Griffen, daß Ihr in Wahrheit der stärkste Mann der Erde seid.«

Siegfried aber fühlte an ihrem Finger den Ring König Nibelungs, den er ihr einst als Verlobungsring geschenkt hatte, und er zog ihn ihr leise ab und steckte ihn an seine Hand und dachte nicht an den Fluch Nibelungs, der im Ringe wohnte.

Als wollte er sein Nachtgewand anlegen, erhob er sich vom Lager, und Gunther, der Brunhilds demütige Worte vernommen hatte, kam lautlos herbei und nahm Siegfrieds Platz, während der Held heimlich aus der Tür entwich.

So wurde Brunhild die Gattin König Gunthers, und da sie ihm ihre Liebe schenkte, fielen alle heldischen Kräfte für immer von ihr ab, und sie war nicht stärker mehr als andere schöne Frauen.

Siegfried aber war unter der Tarnkappe aus dem Zimmer gewichen, damit niemand vom Hofgesinde erspähen sollte, daß er aus des Königs und der Königin Schlafkammer kam. Als er nun das eigene eheliche Schlafgemach erreichte, hatte der Ringkampf mit König Gunthers Frau doch länger gedauert, als er vorher vermutet hatte, und er fand seine Frau Kriemhild schon wartend vor. Schnell zog er in der Tür die Tarnkappe ab und trat in seiner sichtbaren Gestalt an ihr Ruhelager.

»Guten Abend, herzallerliebste Frau,« begrüßte er sie heiter und sah, daß sie geweint hatte. Liebevoll beugte er sich über sie und befragte sie nach ihrem Kummer.

Und Kriemhild seufzte unter Tränen und sprach: »Kaum zwei Tage sind wir verheiratet, und schon bin ich dir zur Langweile geworden, so sehr, daß du mich am Abend allein lässest.«

»O du süße Eifersucht,« scherzte Siegfried und erzählte ihr, daß König Gunther seiner noch bedurft hätte, damit er ihm einen Dienst erweise.

»Du bist nicht sein Dienstmann,« widersprach ihm die junge Gattin. »Du bist es nur freiwillig gewesen auf der Meerfahrt gen Island und ausGründen klugsorgender Freundschaft. Das ist vorüber, und die stolze Brunhild soll es unterlassen, hochmütig auf meinen Helden herabzublicken.«

Da mußte Siegfried lachen, denn er gedachte der heißen Stunde, aus der er kam, und der Demut Brunhilds.

»Weshalb lachst du zu meinen Worten?« fragte Kriemhild und griff bittend nach seiner Hand. Und als sie seine Hand berührte, fühlte sie den fremden Ring an Siegfrieds Finger, und sie setzte sich hastig aufrecht und betrachtete ihn mit immer starreren Augen.

»Das ist — das ist Brunhilds Ring,« stöhnte die Arme. »O leugne es nicht, denn ich sah ihn selber an ihrer Hand. Ihretwegen hast du mich weinend warten lassen, mit ihrem Zauber hat sie dich umstrickt, und nun bin ich ein arm verraten Weib.«

Die Hände schlug sie vor ihr erblaßtes Gesicht und warf sich schluchzend in die Kissen.

Ergriffen stand der Held vor ihrem jungen Schmerz. Tausend liebe Worte wußte er ihr zu sagen, doch sie schüttelte nur den Kopf und schluchzte um so heftiger. »Nein, Siegfried, nein, du sagst mir nicht die Wahrheit.«

Und da nichts fruchtete, ihren heißen Schmerz zu lindern und die Tränen zu trocknen, sprach Siegfried aus mitleidsvollem Herzen:

»Wohlan denn, wir sind Mann und Weib, und Mann und Weib sollen eins sein. So will ich dir denn alles berichten und auf die Verschwiegenheit meines lieben Weibes bauen, wie ich auf mich selbst baue. Nie darf ein Lebender davon erfahren.«

Und er erzählte ihr sein ganzes Leben, und wie er durch die Waberlohe geritten sei und Brunhild befreit habe, wie sie sich miteinander verlobt hätten und wie er von ihr gegangen wäre um ihres unweiblichen Hochmuts willen, der nicht so sehr nach dem liebenden Manne als nach dem mächtigen König verlangt hätte. »Dann sang nach Jahren des Vergessens Herr Volker in der Halle von Brunhilds Schönheit und Kraft, und König Gunther entbrannte nach ihr. Ich aber hatte dich gesehen, meine wunderliebliche Kriemhild, und kein anderes Bild hatte mehr in meinem Herzen Raum. Um dich zu gewinnen, führte ich selber den König nach Island, nur um deinetwillen, weil Gunther dich mir zum Lohne verhieß, ging ich als sein Dienstmann in seinem Gefolge, denn nimmermehr hätte Brunhild ihn angeschaut, hätte ich als gleichberechtigter Recke neben ihm gestanden. Um dich zu gewinnen, kämpfte ich unter der Tarnkappe, die mich unsichtbar macht, an Gunthers Seite, warf für ihn den Speer und den Stein und trug ihn im Weitsprung durch die Luft. Das alles tat ich um der Liebe meiner Kriemhild willen. Und fuhr zurück zum Nibelungenhort und holte die Schätze und Ritter, um Gunther mit seinen Gesellen zu lösen und Brunhild zur Hochzeitsfahrt gen Worms zu vermögen.«

Längst hatten Kriemhilds Tränen aufgehört zu fließen. In heimlicher Bewunderung staunte sie ihren Helden an, und ihre Brust ging hoch, als ihr Herz von so unablässiger Liebe erfuhr. Aber an Siegfrieds Hand funkelte hämisch der Ring, und sie begann aufs neue zweifelnd zu fragen: »Weshalb gingst du heute zu ihr, und weshalb gab sie dir den Ring zum Pfande?«

Da berichtete ihr Siegfried von König Gunthers Not um das Weib, von Gunthers beweglicher Klage und Verzweiflung.

»Sollte ich den Schwager, nachdem ich ihn so weit geführt hatte, so tief in Schande stürzen lassen? Deinen Bruder, Kriemhild, der mir diese süßselige Frau bescherte? Ich war im Glück, Kriemhild, und der ist des Glückes nicht wert, der an anderer Unglück vorübergeht. Darum war ich bei Gunther in dieser Nacht und bändigte ihm in der Dunkelheit seine wilde Genossin also, daß sie nicht anders vermeint, als es sei Gunthers Kraft gewesen, dem sie jetzt zärtlich und in Liebe ergeben am Halse hängt. Mich aber verführte das Glitzern des Ringes, daß ich das Kleinod ihr abstreifen mußte. Denn kein anderes Weib darf einen Verlobungsring von mir tragen, als die, deren Seele mich liebt im Glück wie in der Not.«

»O du mein Friedel!« rief Kriemhild, umhalste ihn und barg ihr Köpfchen an seiner Brust.

Das war für den Helden eine selige Freude, und er nahm den Ring von seinem Finger und schenkte ihn der süßen Genossin.

»Doch trage ihn nicht anders,« forderte er, »als wenn Brunhild es nicht sieht. Damit sie nie erfährt, daß es nicht Gunther war, der ihr Ring und Heldentum nahm.«

So kam der Ring Nibelungs in Kriemhilds Besitz, und der Fluch war nicht aus ihm gewichen.

Brunhild aber ging viele Tage umher und schämte sich, weil sie ein Weib geworden war wie andere und nicht mehr die unbezwingliche Heldenjungfrau. Und es war ihr arg, daß Siegfried sie als demütige Frau eines andern Mannes sah, denn so sehr sie Siegfried einst geliebt hatte, so sehr haßte sie ihn jetzt wegen seiner alles überstrahlenden Männlichkeit.

Da rief sie Hagen zu sich und beriet sich mit ihm.

Und der grimme Hagen von Tronje sprach: »Nichts anderes darf es in der Welt für mich geben als die Größe meines Königshauses. Wer dein Feind ist, o Königin, ist hinfort auch der meine. Eine andere Treue kenne ich nicht.«

Beide Hände reichte ihm Brunhild dar, und der finstere Einäugige beugte sich über ihre Hände und küßte sie.

Und wo sie gingen und standen, berieten sie Siegfrieds Untergang und bespähten heimlich des Helden Schritte.

Das war dem sorgenden Mime nicht entgangen, der immer noch zu Worms weilte, und er belauschte der beiden heimliche Gespräche und erfuhr, was sie im Schilde führten.

Heimgekehrt nach Xanten waren Siegfrieds betagte Eltern, König Siegmund und Königin Siegelinde, und hatten den Helden gebeten, heimzukommen und die Regierung zu übernehmen. Und ein Bote erschien vor Siegfried, den hatte Lüdeger gesandt, der König vom Sachsenland, und die Botschaft lautete so:

»Ohne Erben ist König Lüdeger, und bald wird der Thron des Sachsenlandes verwaist sein. Weil du aber, Held Siegfried, nicht nur als der tapferste Degen in der Schlacht, sondern auch als der ritterlichste Mann dem Wehrlosen gegenüber von König Lüdeger befunden wurdest, so will er dir, wenn er abgerufen wird von dieser Erde, Thron und Krone des Sachsenlandes hinterlassen, und er grüßt dich aus der Ferne als seinen Sohn und Erben.«

So lohnte sich reich ein ritterlicher Sinn.

Seinen Lehrer und Pflegevater Mime rief Siegfried herbei und teilte ihm die hohe Botschaft mit. Und des Mißgestalteten Augen leuchteten vor Freude, als er seinen Zögling so hoch gestiegen sah durch Kraft und reine Gesinnung. Doch die Sorge wurde noch mächtiger in ihm, und er riet dem Helden mit bittenden Worten: »Sprich zu keinem an Gunthers Hofe von Lüdegers hochherzigem Geschenk. Brunhild und Hagen sind dir feind und auch Gunther will dir nur vor den Augen wohl.« Und er erzählte ihm alles, was er erlauscht hatte, und beschwor ihn unter Anrufung von Kriemhilds Namen, das Burgundenland zu verlassen.

Da gab Siegfried endlich dem Drängen nach, um Kriemhilds Ruhe willen, und Mime gebot Siegfrieds Nibelungenrittern, sich in der Stille bereit zu halten. Und in der nächsten Nacht ritten Siegfried mit Kriemhild und Mime an der Spitze der Nibelungenritter heimlich zum Tore hinaus gen Xanten am Niederrhein.

Wie da Brunhild tobte, als sie am Morgen die Herberge leer und ihren Haß betrogen fand.

6. Kapitel

Wie Siegfried und Kriemhild der Einladung nach Worms folgten, wie die Königinnen sich schalten und Siegfried ermordet wurde

Am Niederrhein lag Xanten mit seinem Dom und seiner Königsburg, und seine saftigen Weiden, auf denen die Glocken der Rinderherden läuteten, streckten sich weit bis ins Niederland hinein, und die grünschimmernden Wälder luden auf viele Meilen hinaus zu fröhlicher Jagd. Es war ein liebliches Land voll Ruhe und Frieden, und der Rhein strömte langsam hindurch, als könnte er sich nicht trennen von diesen glücklichen Ufern.

Hier herrschte Siegfried als König, und seine Macht reichte weit und reichte über das ganze angrenzende Sachsenland hinaus, denn Lüdeger war gestorben und Siegfried sein Erbe.

Hier lebte Kriemhild in Liebe und Wohlsein, und oft war es ihr, als ob das Schicksal neidisch werden müßte auf ihr Glück, denn sie hatte dem Gatten zwei Kinder geschenkt, einen Sohn und ein Mägdlein, die waren der Eltern größter Stolz.

Aber die Jahre gingen hin in lauter Sonne, die Kinder gediehen, und immerwährender Friede blieb dem Lande, denn alle Nachbarn kannten Siegfrieds rasche und feste Hand und trauten sich nicht an ihn.

Oft saß Kriemhild auf Siegfrieds Schoß geschmiegt, und die Kinder spielten zu ihren Füßen, und das blühende Land duftete zu ihnen herauf. Dann saßen sie ganz still und freuten sich, daß einer des anderen Herzschlag vernahm, und reichten sich wohl den Mund zu langem, stummem Kusse.

Zu Worms am Rhein aber war das Leben weiter gelaufen ohne rechte, innere Fröhlichkeit, und je mehr die Jahre sich zwischen Siegfrieds heimlicher Abreise und der neuen Gegenwart legten, desto tiefer fraß sich der Haß in Brunhilds Seele. Längst grübelte sie über nichts anderes mehr, als wie sie den Helden treffen und vernichten könne, und wenn sie den schwächlichen Sohn ansah, den sie Gunther geschenkt hatte, und die Kunde ihr von Siegfrieds starken Kindern erzählte, wurde ihr Haß zur sinnlosen Qual. Da trat sie vor König Gunther mit geschickter Verstellung und sprach zu ihm:

»Wie lange ist es, daß wir nichts mehr von Siegfried erfuhren, wie lange, daß ich meiner lieben Schwägerin Kriemhild sonniges Antlitz nicht mehr sah. Dafür, daß Siegfried dein Lehnsmann ist, weilt er reichliche Zeit fern von Worms und seinem Herrn und die süße Kriemhild fern von unserer Sehnsucht. Ich bitte dich herzlich, laß Boten nach Xanten gehen, die das ersehnte Paar nach Worms laden zur Feier des Sonnenwendfestes und in unsere Arme.«

So sprach die Trügerische, und Gunther wagte nicht, ihrem Wunsche entgegen zu sein, aus Furcht, sie könne erfahren, daß er keine Lehnsmacht über Siegfried besitze und Brunhild ihn verachte. Darum hieß er die Boten reiten, und sie ritten viele Tage den Rhein hinab und kamen nach Xanten und fanden Siegfried und Kriemhild in ihrem Glück.

Nibelungs Ring trug die schöne Königin am Finger, und der Ring glitzerte tückisch auf, als die Boten in den Thronsaal traten und in warmen Worten Gunthers und Brunhilds Einladung zu Gehör brachten.

Großes Heimweh ergriff Kriemhilds weiche Seele, als die Boten von Worms sprachen und von Frau Ute, der harrenden Mutter, von Gernot und Geiselher, den lieben Brüdern, von allen Gespielen und Plätzen der Kindheit. Eine Träne hängte sich schwer an ihre Wimper und fiel in ihren Schoß.

Siegfried sah es, und schon hatte er sich entschieden.

»Saget,« so rief er mit frohem Sinn, »König Gunther und Königin Brunhild, saget Frau Ute und Gernot und Geiselher und allen liebwerten Recken und Helden, daß wir uns herzlich ihrer Gunstbezeigung freuen und mit Dank der Einladung folgen werden. Auf Wiedersehen, ihr guten Boten, zum Sonnenwendfest zu Worms am Rhein. Da wollen wir Freude trinken!«

Und er beschenkte die Boten zur Heimreise reich, und Frau Kriemhild fiel ihm lachend um den Hals.

Das war ein lustig Rüsten zur Sommerfahrt an den Rhein. In neuen Gewändern stolzierten die Ritter, und die Rosse wieherten unter funkelndem Geschirr. Die Troßjungen pfiffen muntere Lieder, und nur Mime, der Schmied, dem man die Botschaft in den Wald gesandt hatte, kam in alter, eiserner Rüstung und mit sorgenvollem Gesicht. Siegfried aber wollte nichts von Abraten wissen.

»Der Menschen Herzen läutern sich mit den Jahren,« gab er Mime zur Antwort. »Wie darf ich Schlechtes von ihnen denken, wenn mein Herz nicht selbst schlecht sein will. Und höre, du Treuer: Frau Kriemhild freut sich der Fahrt.«

Da ritt Mime in seinem alten Eisenharnisch an der Spitze der prunkvoll gekleideten Ritter, dicht hinter Siegfried und Kriemhild, und der alte König Siegmund blieb mit den Enkelkindern zurück und führte die Regierung des Landes. Siegfried aber sang an Kriemhilds Seite so hell wie in Jugendtagen, und die Leute staunten dem schönen Helden nach, und sein Bild machte aller Herzen fröhlich. Singend zog er durch die Lande, als wäre er der Frühling.

So erreichten sie Worms, die stolze Stadt, und wurden von den Burgundenfürsten und Völkern mit Jubel empfangen.

Brunhild aber dachte schon nach kurzem, wie sie Kriemhild kränken könnte.

Strahlend saß Siegfrieds schöne Frau neben Gunthers Königin in geschmückter Turnierloge. Da ritten und rangen die Ritter und Herren um hohen Preis unter den Augen der Fürstinnen. Und als Siegfried immer wieder mit leichter Hand den Sieg errang, fragte Brunhild die strahlende Schwägerin:

»Wie kommt es, liebe Schwester, daß man gar so selten von euch hört?«

Und Kriemhild antwortete fröhlich: »Wir wußten nicht, ob wir euch willkommen waren.«

Da sagte Brunhild und hob hochmütig den Kopf.

»Nun, wenn i h r nicht, so doch der Lehnszins, den ihr uns all die Jahre schuldet.«

Ganz blaß wurde Kriemhild, und ein Zittern lief ihr über den Leib. Denn sie fühlte, daß ihres Bruders Frau sie absichtlich verletzen wollte. Und der Stolz ging ihr hoch, daß auch sie den Kopf zurückwarf und mit größerer Schärfe sprach:

»Ihr irrt Euch, edle Frau, mein Herr Siegfried ist keinem zinsbar als in Liebe mir.«

»So sollte,« fragte Brunhild spottend, »der starke Held Euch verschwiegen haben, daß er meines Herrn Gunther Dienstmann ist?«

Wohl atmete Kriemhild schwer, aber sie beherrschte sich und sprach:

»Man hat Euch ein Märlein aufgebunden, edle Frau.«

Da eiferte Brunhild: »Ich weiß es von Gunther, Eurem Bruder. Wollt Ihr den König Lügen strafen?«

Und Kriemhild wiederholte mit bebenden Lippen: »Man hat Euch trotzdem ein Märlein aufgebunden.«

Brunhild aber erhob sich hochmütig von ihrem Platze. »Wir sprechen uns noch ein andermal,« raunte sie heftig, »und ich werde Euch Eure Stellung schon anweisen, vielwerte Schwägerin.«

Den Schleier wand Kriemhild um ihr Gesicht, damit man nicht ihre zornigen Tränen gewahre. Aber Siegfried gewahrte sie doch, als er am Abend in ihr Zimmer trat, und sie sagte ihm alles, was sich zugetragen hatte. Da lachte der Held belustigt, denn er hatte schwerere Unbill erwartet, und er untersagte seiner Frau, sich mit Brunhild zu streiten.

»Es ist schlimm, wenn der Gastgeber seine Pflichten verletzt, schlimmer aber, wenn der Gast zänkisch und undankbar erscheint.«

So sprach der erfahrene Mann. In seinem Herzen zwar begriff auch er nicht Gunthers Schweigen.

Hell schimmerte der Morgen des Sonnwendtages über Worms empor, und die Glocken riefen durch die Lüfte zum feierlichen Hochamt im Münster. In ihren festlichsten Gewändern zogen die Recken zur Kirche, und gesondert von ihnen gingen die Frauen in prangenden Kleidern. Schon waren die Könige mit ihrem Gefolge in den Dom getreten, als die Königinnen Brunhild und Kriemhild vor dem Portale zusammentrafen. In purpurne Seide war Gunthers Frau gekleidet, die stand herrlich zu ihrem schwarzen Haar. Siegfrieds blonde Gattin aber sah aus wie der helle Morgen in ihrem lichtblauen Kleide.

Als sie dicht nebeneinander die Treppe hinan zum Portale schritten, sprang plötzlich die Königin Brunhild vor und wehrte der Königin Kriemhild mit ihr gemeinsam den Eingang.

»Was maßt Ihr Euch an?« schalt sie zornig. »Wißt Ihr nicht, was höfische Sitte gebietet, und daß die edlere Frau den Vortritt hat?«

»Wenn es danach ginge,« sprach die Königin Kriemhild, »so müßtet Ihr füglich zurückstehen, denn meines Herrn Siegfried Name steht höher als der König Gunthers.«

»Er ist ein Mietling und bezahlter Knecht König Gunthers!« rief die Königin Brunhild und stampfte mit dem Fuße. »Er hielt auf Island den Steigbügel seinem Herrn! Zurück, sage ich, und begebt Euch nach Gebühr in die Reihe der dienenden Frauen!«

Da wallte Kriemhilds Fürstenblut hoch auf, und die schönen Arme schüttelnd, rief sie außer sich über die Schmach:

»Ihr lügt! Weil Euer Mann ein Schwächling war, gebrauchte Siegfried die Kriegslist und stellte sich hinter den König. Aber auch im Kampfspiel mit Euch stand er hinter ihm. Wähnet Ihr wirklich, Gunther habe Euch besiegt? Siegfried war's, mein Herr und Held Siegfried! Ha, wie Ihr erblaßt! Unsichtbar unter der Tarnkappe bekämpfte Euch mein Herr, und Gunther tat nur die Gebärden, und im Weitsprung trug mein Herr Siegfried gar Euren König unterm Arm durch die Lüfte! Was? Schämt Ihr Euch nun Eurer Frechheit?«

Verzerrten Gesichtes starrte die Königin Brunhild auf die Eifernde.

»Und Ihr lügt dennoch!« kreischte sie. »Einen Stärkeren als Gunther trägt nicht die Erde, denn ich habe mit ihm um mein Bett gekämpft und furchtbar seine Manneskraft verspürt!«

»Siegfrieds Manneskraft habt Ihr verspürt!« jauchzte die Königin Kriemhild ihr ins Gesicht. »Siegfried warf Euch aufs Bette, bis Ihr demütig wurdet und um Gnade betteltet!«

»Lügnerin!« schrie die Königin Brunhild noch einmal.

Da reckte die Königin Kriemhild ihr die Hand unter die Augen, an der König Nibelungs Ring stak.

»Kennt Ihr diesen Ring?« frohlockte sie. »Siegfried nahm ihn Euch, seinen Verlobungsreif holte er sich wieder in der Nacht, da er Euch gebändigt an König Gunther abtrat wie ein altes Gewand!«

Da brach die Königin Brunhild in ohnmächtiger Wut am Portale nieder, und die Königin Kriemhild schritt triumphierend hindurch und schritt als erste in die Kirche. —

Nach Hause war Brunhild gewankt und hatte in tobenden Racheplänen gesessen, bis ihr Hagen von Tronje gemeldet wurde, nach dem sie gesandt hatte. Schon wußte der grimme Mann von dem Streit der Frauen.

»Hier bin ich,« sagte er, und sein Einauge funkelte. »Sprecht es aus, was geschehen soll. Meine Königin darf nirgendwo und nie die zweite sein.«

»So vernahmt Ihr die Schmach, die Kriemhild mir angetan?«

»Ich weiß nur,« sprach der finstere Hagen, »daß Kriemhild sterben muß.«

»Nein!« rief Brunhild und erhob sich mit hassenden Augen. »Nein, denn zu wenig wäre das. Eine Frau stirbt gern mit dem Stolz auf ihren Mann in der Brust. Schwereres, viel Schwereres gilt es, das tausend Tode wiegt. Den geliebten Mann tot und von Waffen zerrissen vor sich liegen sehen, nie mehr erreichbar dem Ruf der Liebe, nie mehr erreichbar dem Ruf der Not. Und selber sich fortan fühlen als ein Spielball des Geschicks, der Gnade der Menschen preisgegeben. Das Furchtbarste, das eine Frau treffen kann: Kriemhild soll es treffen.«

Da sprach der finstere Mann: »Siegfried stirbt noch heute.«

Und sie saßen beieinander und besprachen den dunklen Plan. —

Mit erregten Worten hatte Siegfried sein Weib zur Rede gestellt und sie hart angefahren, daß sie wie eine schlecht erzogene Zänkerin erwiesene Gastfreundschaft lohne. »Man verläßt ein Haus, in dem man beleidigt wird, aber man beleidigt nicht wieder.«

»Deinetwegen tat ich es,« schluchzte Kriemhild in Tränen, »ich tat es um deiner Ehre willen.«

Der Herold Sindold klopfte an die Tür und bat den edlen Herrn Siegfried zu seinem Herrn Gunther. Und auf der Stelle folgte ihm der Held. Denn er wünschte sogleich den Streit zu schlichten. Bei König Gunther aber saß Hagen von Tronje, und Hagen von Tronje hatte gesprochen: »Heute noch muß Siegfried sterben, oder Ihr seid der Liebe Eures Weibes und der Achtung Eures Volkes verlustig. Heute noch auf der Jagd. Es gibt keinen Ausweg.« Und König Gunther hatte ihm mit blassen Lippen zugestimmt.

Als Siegfried eintrat, erhoben sich die Herren und stellten sich jeder Versöhnung geneigt.

»Ich weiß es wohl,« sagte König Gunther, »daß Ihr an den bösen Worten schuldlos seid. Wer urteilt richtig bei einem Zungenkampf von Frauen. Keine will den Zank begonnen, eine jede aber recht zum Schlusse haben. Laßt uns kein Wort mehr darüber verlieren, mein edler Siegfried, und zum Zeichen, daß zwischen uns Männern kein Zwist besteht, allsogleich miteinander aufbrechen, den Tag und Abend bei fröhlichem Weidwerk zu verbringen. Solch Tun wird jede üble Nachrede im Keim ersticken.«

Beschämt von so königlicher Güte reichte Siegfried dem Schwager beide Hände.

»Nehmt mein Versprechen, daß mein Weib das Eure als erste um Verzeihung bitten soll, sobald sie sich von ihren Tränen erholt hat. Denn ich habe sie hart gescholten.« Und er atmete befreit.

Hagen aber ging, die Jäger zusammenblasen zu lassen und Speise und Trank zu bestellen für weidlichen Imbiß im Walde. Und er ging hastig weiter und trat vor Frau Kriemhild.

»Vieledle Königin,« rief er fröhlich, »unsere Herren haben sich versöhnt und reiten zur Jagd über den Rhein in den Odenwald. Legt Eurem Herrn Siegfried eilends sein Jagdgewand zurecht, denn gleich brechen wir auf.«

Und Kriemhild klagte: »Er wird im Zorne von mir scheiden und darum ein schlechter Jäger sein.«

»Ich werde ihn wohl behüten,« versprach Hagen von Tronje. »Auch ist ja seine Haut hörnern und gefeit gegen Waffen der Menschen und Tiere. Bis auf die kleine Stelle, von der die Kunde spricht.«

Aber Kriemhild klagte weiter: »O Hagen, teurer Oheim, wie hat mich mein Herr gescholten, und nun ist mir das Herz so schwer, als stünde ein Unglück in der Luft, dicht über meinem Herrn. Oh, wenn ihn ein Eber mit seinen Hörnern packte oder ein wilder Stier mit seinem Gehörn! Die Stelle könnte er treffen, an der Siegfried einzig verwundbar ist, und da mein Herr mir zürnt, werden seine Gedanken nicht beim Weidwerk sein, wie die Gefahr es heischt. O Gott, wie sollte ich die Schuld überleben, wenn ihn etwas träfe.«

So klagte die Königin und ihr Herz war ahnungsschwer.

Da sprach Hagen zu ihr: »Ich fühle Euch nach, daß Ihr besorgt seid an solchem Tage. Aber ich will Euch Eure Sorgen abnehmen und auf der Jagd nicht von Eurem Herrn weichen. Nehmt ein rotes Fädlein und näht es auf sein Jagdwams, dorthin, wo sich des Helden verwundbare Stelle befindet, und ich will sie getreu mit meinem Schilde hüten.«

Mit vielen Dankesworten befolgte die weinende Frau den Rat und nähte ein rotes Kreuzlein auf den Rücken des Wamses. Hagen aber ging, da er Siegfried kommen hörte.

In der Mittagsglut fuhren die Jäger über den Rhein, bestiegen ihre Rosse und jagten in den kühlenden Schatten des Waldes hinein. Hussa, wie da Siegfried hinter der Meute stürmte! Hussa, wie sein schallender Weidmannsruf das Wild aufschreckte aus Höhlen und Gestrüpp! Einen riesigen Wisent warf er mit der Lanze um, daß das Ungetüm tot zusammenbrach. Einen Wolf, der ihn ansprang, durchschoß er mit dem Pfeil. Und einen Eber, der schnaufend angerannt kam, schlug er mit Balmung, seinem Schwert, so furchtbar ins Genick, daß der Kopf des Ungeheuers sich vom Rumpfe trennte und augenrollend im Sumpfe lag. Hirsch und Rehwild zu erlegen, überließ er den anderen. Immer weiter jagte er in den dichten Forst, die Jäger hinter ihm. Da hob sich ein Bär von nie gesehener Größe aus seinem Lager auf den Hinterpranken, und die Jäger stoben schreiend von dannen. Siegfried aber sprang vom Pferde, warf sich mit weitgeöffneten Armen auf das Untier, rang es nieder, schnürte ihm die Beine zusammen und schleppte es lebendig auf den Lagerplatz.

Und es war ein Rühmen und Jauchzen unter allen Jagdgenossen!

Sie saßen um die Lagerfeuer und griffen nach den schmorenden Braten. Da rief Siegfried: »Wo bleibt der Schenk? Die Zunge klebt mir imMunde, so durstig hat mich die wilde Jagd gemacht und der heiße Tag.«

Und Hagen wandte sich zu ihm und sprach: »Verzeihet mir, sehr edler Herr Siegfried. Ich trage die Schuld, daß wir dursten müssen, denn ich sandte den Wein versehentlich an eine andere Stelle, die leider weit von dieser liegt.«

Das machte den Helden unfroh, und er rief im Unmut: »So wollt Ihr mich denn wirklich verdursten lassen, nachdem ich Euch den Wald gesäubert habe? Das deucht mir schlechter Lohn.«

»Tut's für einen Weidmann nicht auch einmal das Wasser?« fragte Hagen begütigend. »Ich weiß hier einen Born, edler Herr, den das köstlichste Quellwasser speist. Befehlet nur, daß ich ihn Euch zeige.«

Lachend sprang Siegfried auf, und aller Unmut war verflogen. »Vorwärts, vorwärts,« rief er, »weist ihn nur her!«

Da wies ihm Hagen den Brunnen in der Ferne, faßte aber des Helden Gewand und bat um eine Gunst.

»Zum Zeichen, daß Ihr mir nicht zürnt, lauft mit mir um die Wette hin. Nie sah ich Euch zu Fuß über die Heide jagen. In dieser Kunst möchte ich mich wohl mit Euch messen.«

Und ritterlich antwortete Siegfried: »Ich übte sie oft, und kein Hirsch ist mir zu schnell, daß ich ihn nicht mit den Händen im Laufe griffe. So will ich denn Schild und Schwert und Speer im Wettlauf mit mir tragen, während Ihr ohne Lasten laufen sollt. Auf solche Art mag es sich ausgleichen.«

Da stellten sich die Helden nebeneinander hin, und auf Gunthers Zeichen rannten sie dahin wie der Wind, und um eines Speerschusses Länge gelangte Siegfried vor Hagen ans Ziel. Die Waffen warf er zur Seite, und tief beugte er sich über den Brunnen, seinen heißen Durst zu löschen. Nun aber war Hagen herangekommen. Hastig trug er Siegfrieds Waffen ins bergende Dickicht, bis auf den Speer. Den packte er mit eisernen Fäusten und hob ihn hoch. Sein funkelndes Einauge ersah das rote Kreuz, das Kriemhilds sorgende Liebe auf ihres Herrn Wams geheftet hatte, dicht unter den Schulterblättern. Und mit furchtbarer Wucht stieß Hagen von Tronje zu und durchstieß des Helden Rücken und Brust, daß die Schärfe des Speeres aus der Brust und der Schaft aus dem Rücken hervorsah und das Blut zu beiden Seiten hervorschäumte wie reißende Wildbäche.

Einen Schrei stieß Siegfried aus, daß Himmel und Erde erbebten, daß selbst der Mörder mit gelähmten Händen stand.

»Feiger Verräter! Meuchelmörder!« klang es durch den Wald.

Und blutüberströmt warf sich der sterbende Held mit letzter Kraft auf Hagen von Tronje, riß den Erstarrten hoch vom Boden auf und schleuderte ihn in die Steine, daß Hagens ganzer Leib erkrachte und es ihm schwarz vor den Augen wurde.

In den Blumen am Quell sank Siegfried nieder, und sein teures Blut entströmte unaufhaltsam.

»Kriemhild,« flüsterte er, »süße Frau, ich liebe dich.«

Mit blassem Gesicht stürmte Gunther herbei und seine Ritter. »Was geht hier vor?« rief er noch aus der Ferne. »Was ist geschehen?«

Und Siegfried schlug die Augen auf und sprach:

»Die furchtbarste Untat ist geschehen, die je die Sonne sah. Den treuesten Freund habt Ihr erschlagen lassen, der Euch nur Gutes erwies. Ich aber prophezeie Euch: Mein Tod wird über euch kommen und euch alle verderben.«

Und er schloß die Augen, tat noch einen Seufzer, der wie »Kriemhild« klang, und verschied in den Blumen.

Siegfried, der Held, war tot. —

Und jäh sank die Sonne unter, und es ward finstere Nacht. Ein eisiger Hauch ging durch den Wald, daß Menschen und Tiere fröstelten, als wäre der Frühling für immer entflohen.

Da legten sie Siegfrieds Leiche auf seinen Schild, den sie im Dickicht fanden, und Hagen nahm heimlich Siegfrieds Schwert Balmung an sich, und alle gelobten sie Stillschweigen über die Tat.

Aus dem Walde gingen sie und fuhren in der Nacht über den Rhein. Stumm schritten sie mit ihrer Last in die Königsburg hinein, und wie zum Hohne ließ Hagen des Helden blutigen Leib auf die Schwelle von Kriemhilds Kemenate legen, als Gruß der Königin Brunhild.

Vor Morgengrauen schon erhob sich Kriemhild aus schreckhaften Träumen. Hastig kleidete sie sich an. Ihr war gewesen, als hätte Siegfried sie gerufen in heißer Not. Zum Münster wollte sie eilen, um zu beten. Und als sie die Tür ihrer Kemenate öffnete, stolperte sie über den Leichnam ihres Herrn und fiel aufschreiend in Ohnmacht über ihn.

Den Schrei hatte Mime gehört, der treue Schmied. In seiner Eisenrüstung eilte er herbei und fand Kriemhild am Halse ihres toten Gemahls mit irren Augen. Sie war erwacht und doch nicht in der Welt. Furchtbar gellten ihre Schreie durch das Haus und über die schlummernde Stadt Worms.

Erschüttert stand Mime und klagte nassen Auges lange um seinen Zögling. Dann trug er mit Kriemhild die Leiche Siegfrieds ins Gemach hinein, und sie wuschen den Leib und hüllten ihn in weißes Linnen. Auf dem Gange aber sammelten sich mit verstörten Gesichtern die Ritter und Frauen, und König Gunther kam mit seinem ganzen Hof, und auch Hagen von Tronje trat mit ihm ins Zimmer.

Und König Gunther sprach: »Es ist ein Unglück geschehen, liebe Schwester, und keinen trifft die Schuld.«

Da richtete sich Kriemhild an der Leiche auf und spähte in allen Gesichtern.

»So ihr die Wahrheit redet und euch nicht fürchtet,« rief sie herrisch, »tretet heran an die Leiche!«

Und sie traten alle heran. Doch als Hagen von Tronje an die Reihe kam, brachen des Leichnams Wunden auf, und das Blut strömte anklagend aufs neue.

Da schrie die Königin Kriemhild:

»Er ist es! Er ist der Mörder! Auf ihn, Mime, rächt unsern Herrn!«

Und wie ein Tiger sprang Mime den Tronjer an und schlug ihm tiefe Wunden. Aber Hagen führte Siegfrieds Schwert an der Seite und riß es aus der Scheide, und der Stahl Balmung schnitt sausend durch Mimes Eisenkleid und nahm des treuen Mannes Leben. Da lächelte Mime, der Schmied, noch im Tode, weil er eine so gute Waffe geschmiedet hatte, und lag ausgestreckt zu seines lieben Siegfrieds Füßen.

Drei Tage klagte Kriemhild laut in der Totenwacht um ihren Herrn. Dann schritt sie schweigend hinter dem Sarge zum Münster. Ein Bild war ihr gekommen, das stand wie eine Weissagung vor ihren Augen. Als Königin sah sie sich eines mächtigen Herrschers in fernem Lande, und die Burgunden sah sie aus der Heimat reiten, sie zu besuchen, und eine weite Halle sah sie voll Männerkampf und Rauch und Flammen, und den würgenden Tod sah sie, dem keiner von allen entkam, den Tod sah sie als Siegfrieds Rächer.

Die Priester beteten, die Glocken läuteten, Siegfrieds Gruft schloß sich vor den Augen der Menschen.

Kriemhild aber stand hochaufgerichtet mit ausgestreckter Hand und blickte starr auf den schillernden Nibelungenring an ihrem Finger und stärkte seinen Fluch mit ihrem Fluche:

»Rache für Siegfried, den Helden!«